Francisco Coloane

LE GOLFE DES PEINES

NOUVELLES

Traduites de l'espagnol (Chili)
par François Gaudry

Phébus

TEXTE INTÉGRAL

TITRE ORIGINAL
Golfo de Penas
ÉDITEUR ORIGINAL

ISBN 2-02-033289-2
ISBN 2-85940-479-1, 1re publication)

CHASSEURS DE PHOQUES

Punta Sobaco ne figure pas sur les cartes de navigation, ni sous ce nom ni sous un autre, car il est impossible de répertorier les innombrables accidents géographiques de l'archipel des Guaitecas. Seuls les chasseurs de phoques de Quellón savent ce qu'est Punta Sobaco, et parmi eux le « capitaine Ñato ». Mais ce nom n'est pas davantage connu des gens du petit port de Quellón, le dernier au sud de la grande île de Chiloé.

Le capitaine Ñato n'était appelé ainsi que par ses amis alakaluf qui vivaient au-delà du golfe des Peines ; il faut dire que Luis Andrade avait un nez aussi écrasé [1] que celui d'un phoque qui aurait plongé sur un rocher. On ne voyait sur son visage que les deux trous de ses fosses nasales ; mais il ne lui en fallait pas plus pour flairer la présence de ses frères à fourrure, et c'est ainsi qu'il découvrit la fameuse grotte où les femelles mettent bas, à Punta Sobaco.

Les scientifiques disent qu'à une époque lointaine les

1. *Ñato* : camus.

phoques étaient des mammifères terrestres qui durent s'adapter à la mer pour des raisons restées obscures. Peut-être furent-ils harcelés par les fauves et réduits à la famine quand ils chassaient à l'embouchure des grands fleuves. La faim et le besoin poussent les animaux et les hommes vers des chemins hasardeux. Ils constatèrent probablement qu'il y avait plus de poissons dans la mer que dans les fleuves, aussi peu à peu y entrèrent-ils jusqu'à devenir ce qu'ils sont aujourd'hui.

Chaque année, à l'époque de la parturition des phoques, le capitaine Ñato en quête de fourrures fouillait les tanières et les grottes disséminées à travers l'archipel.

Cet après-midi-là, alors que le soleil rougeoyait comme l'œil d'un dieu primitif, le capitaine et quatre rameurs exploraient les rochers autour de Punta Sobaco. De la tempête qui venait de s'apaiser restait une mer turbulente dont les vagues roulaient tel un troupeau de taureaux sauvages.

La baie de Punta Sobaco est sale. On dit qu'elle doit son nom [1] à ses falaises repliées comme un gigantesque bras qui frapperait la mer. Le poing est formé de hautes jointures rocheuses crevassées par la violence des vagues du Pacifique. Ces grandes lames déferlent par groupes de trois à intervalles réguliers, mais de temps à autre, l'une d'elle surgie on ne sait d'où monte à l'assaut des rochers et des terres.

Ce fut l'une de ces vagues qui emporta comme un fétu de paille la chaloupe du capitaine Ñato alors qu'il

1. *Sobaco* : aisselle.

s'engageait dans une faille conduisant à une tanière de phoques. Le capitaine n'eut pas le temps de manœuvrer pour éviter la catastrophe. La chaloupe de sept mètres de long fut soulevée et violemment projetée contre la muraille rocheuse. Les quatre rameurs furent précipités à l'eau tandis que le capitaine lâchait la barre et parvenait à s'agripper des deux mains au bordage de poupe. Il resta assis là quelques instants comme un roi chancelant sur son trône, mais l'embarcation fut impitoyablement disloquée et le capitaine Ñato eut quatre doigts de la main droite écrasés contre la roche. Il dut abandonner son ultime planche de salut et, blessé, se mettre à nager comme un chien derrière ses compagnons, parmi les bois flottants.

Les Chilotes ont beau être d'excellents marins, la plupart ne savent pas nager, peut-être parce qu'ils s'imaginent qu'ils ne feront jamais naufrage.

Les débris de la chaloupe restèrent hors de la faille, tandis que les hommes y étaient propulsés. Là, dans des eaux plus calmes, ils purent se maintenir la tête hors de l'eau en nageant instinctivement comme des chiens, et bientôt ils atteignirent un rocher plat grouillant de gros phoques noirs et de leurs petits à peine nés, ceux que les chasseurs appellent des *popis*, dont nos cinq hommes recherchaient la fourrure si convoitée.

La grotte de Punta Sobaco a deux entrées. L'une se trouve dans ce creux qui évoque l'aisselle d'un corps humain. La végétation y abonde et des lianes d'un vert argenté pendent de la falaise et s'entremêlent aux touffes sombres des fougères et des pangues. Le capitaine Ñato préférait l'entrée située à l'extrémité du cap, qui débouche en pleine mer et communique avec l'autre par un tunnel traversant de part en part Punta Sobaco. Là, sur les plates-formes rocheuses polies par l'érosion marine, les femelles mettaient bas, pour être de nouveau fécondées par les mâles dès que les popis étaient nés.

Les phoques durent voir leurs semblables en ces hommes qui se traînaient hors de l'eau. Raison pour laquelle sans doute ils s'écartèrent afin de leur ménager une place, la meilleure peut-être, comme le font les Indiens Alakaluf quand un voyageur vient chercher un peu de chaleur dans leurs huttes.

Les étranges visiteurs jetèrent un coup d'œil autour d'eux et se sentirent heureux d'avoir sauvé leur peau, eux qui étaient à la recherche des peaux de ceux qui à présent les accueillaient. Mais la joie fut de courte durée ; les cinq hommes comprirent vite que la bouche de la grotte ne pouvait être atteinte qu'avec une embarcation, et de la leur il ne restait que des débris éparpillés à l'extérieur...

Les phoques les contemplaient avec des yeux tranquilles et doux, battant des paupières comme un phare qui signale l'arrivée à bon port.

Cela faisait maintenant deux jours qu'ils se trouvaient prisonniers à l'intérieur de la grotte, de plus en plus angoissés, quand soudain un miracle du ressac – car il y a aussi des miracles en mer – ramena des morceaux de planches qui s'échouèrent sur la petite plage souterraine. Benedicto Cárdenas, le plus prévoyant du groupe, avait des allumettes dans sa blague à tabac confectionnée avec une vessie de brebis. Le rouleau de tabac et les allumettes étaient encore secs. Il fut le premier à allumer sa pipe, au fourneau taillé dans une carapace de crabe, et qui – autre miracle – était restée dans sa poche. Il invita ses compagnons atterrés à partager quelques bouffées réconfortantes.

A l'aide de leurs couteaux à dépecer, qu'ils portaient dans un fourreau accroché à la ceinture, ils tuèrent une femelle et allumèrent leur premier feu avec la graisse et les planches. Puis ils firent griller des tranches de viande. Fidèle à ses habitudes, le capitaine Ñato se réserva le cœur, son morceau favori, comme d'autres se régalent du croupion de poulet. Puis il entreprit de soigner sa main blessée en la mouillant de son urine.

Les voix des hommes ont un étrange écho en mer. Elles vont et viennent, oscillantes comme des pendules, petits soleils sonores qui naissent et s'évanouissent en un mystérieux ballet. Mais sous terre, la voix humaine change, s'opacifie comme si elle cherchait le silence. On n'a pas envie de parler quand on pénètre dans une galerie de mine ou dans une grotte sous-marine.

Benedicto Cárdenas fut le premier à se rendre compte de ce qu'ils étaient en train de faire :

– On a brûlé nos vaisseaux, comme Hernan Cortés ! s'exclama-t-il en regardant les planches qui flambaient dans un joyeux crépitement.

– Qui c'est, ce Cortés ? demanda Eliseo Vera.

– L'Espagnol qui a conquis le Mexique et a ordonné qu'on brûle ses navires pour s'empêcher de retourner en Espagne, lui expliqua Cárdenas qui avait fait une première année de collège au séminaire jésuite d'Ancud.

– Eh bien moi, je retournerai à Quellón, à la nage s'il le faut, dit le capitaine Ñato après avoir de nouveau uriné sur sa main blessée qu'il levait et observait, à moitié pliée comme un drapeau en berne. La chair et les os des quatre premières phalanges étaient écrasés et ne tenaient plus que par la peau et les tendons. Les quatre doigts bougeaient encore vers l'avant et l'arrière comme une nageoire morte. Mais l'urine avait miraculeusement évité l'infection et la gangrène.

Benedicto était le plus instruit du groupe. Il travaillait au bureau de l'État civil de Quellón, mais tenté par l'aventure de la chasse au phoque, il s'organisait tous les ans pour quitter son travail et s'embarquer avec les hommes du capitaine Ñato, lequel le traitait de « suce-crayon ».

José Leuquén et Pedro Renín, deux indigènes huilliches, complétaient l'équipage. Tous étaient de Quellón, où la nature et les marécages annoncent les régions inhospitalières du sud. On y observe périodiquement une espèce de puffin au sombre plumage ocre de la taille d'une mouette, dont on ignore pourquoi il ne passe pas plus au nord alors que c'est un rapide chasseur à fleur d'eau. Il revient toujours au sud, comme certaines baleines qui remontent le golfe Corcovado avant de repartir en pleine mer par les bouches du Guafo.

Leuquén et Renín étaient assis, silencieux et résignés, à la manière des Alakaluf qui s'abritent dans une grotte en attendant que s'apaise la tempête.

Les phoques s'éloignaient des hommes à mesure que ceux-ci dépeçaient les popis et dévoraient leur chair, plus tendre et au goût de poisson moins prononcé que celle des adultes, qu'ils ne tuaient que pour la graisse et la peau sous laquelle ils tentaient de se réchauffer.

Le troisième jour, Eliseo éclata d'un rire étrange, guttural, qui semblait monter des entrailles de cette caverne, un rire qui se déchira en une espèce de pleurnichement, de sanglot d'ivrogne. Il remarqua que ses compagnons en étaient mal à l'aise, parce qu'ils ne savaient plus si c'étaient des rires ou des pleurs, aussi s'écarta-t-il d'eux pour s'en aller rire seul au milieu des phoques que cela ne troublait guère. C'était un homme grand et maigre, dégingandé, aux cheveux blondasses et aux yeux rougis qui rappelaient ceux d'un aiglon en quête de proie.

Le lendemain à son réveil, il éclata de rire et se jeta à l'eau. Il nageait mieux que les autres et se dirigea à la brasse vers la sortie masquée par un rideau de lianes et de fougères. Il disparut dans la pénombre malgré les clameurs de ses compagnons qui lui criaient de revenir. Le jour suivant, le courant ramena son cadavre, sans tête, un bras arraché et le corps disloqué. Ses compagnons repoussèrent le corps à la mer, ainsi que les restes de phoque qui ne pouvaient plus servir à alimenter le feu. Le ressac renvoya débris humains et animaux à leurs pieds. C'est alors que Cárdenas et Andrade commencèrent à rire à la manière d'Eliseo, ou à pleurer, eux non plus ne savaient pas très bien, et ne savaient même pas s'il faisait jour ou nuit. Leuquén et Renín demeuraient silencieux; bientôt ils se rapprochèrent des phoques dont les femelles continuaient à mettre bas pour être aussitôt après saillies par les mâles. Ceux-ci se battaient parfois pour une femelle, et les plus jeunes harcelaient le plus vieux, le repoussant à la mer, comme faisaient les compagnons d'Eliseo avec son cadavre.

Le spectacle de l'accouplement des phoques parvint à distraire un temps les naufragés, puis ils se mirent à rire de plus belle. Ils pensaient à leur femme, à leurs enfants, tandis que le corps mutilé d'Eliseo flottait au fil de l'eau. Le fracas des rouleaux couvrait les hurlements du vent. Vagues et vents s'engouffraient parfois dans la grotte, comme pour jeter un coup d'œil sur les naufragés, et refluaient, chargés de rires lugubres.

Le cinquième jour, une vague vint mousser au pied des hommes et des phoques, ramenant des planches de la chaloupe. Cette fois, Benedicto Cárdenas s'opposa à ce qu'une seule finît dans les flammes.

– On va construire un bateau, dit-il d'une voix blanche.

Les autres le regardèrent comme ils avaient regardé Eliseo en train de rire. Mais Benedicto n'était pas devenu fou. Il observait d'un air sérieux ces planches de cachigua que la mer venait de déposer à ses pieds, et il se demandait ce qu'il allait bien pouvoir en faire. Le cachigua est un arbre aux branches recourbées utilisé par les Chilotes pour façonner les quilles de leur petites embarcations. Depuis le néolithique, l'homme des îles a construit ses *dalcas* [1] avec trois planches de mélèze calfatées et liées par des tiges végétales aux lattes de cachigua. Ces dalcas n'avaient rien à envier aux « batelets des Flandres » selon

1. Canots à planches cousues de l'île de Chiloé.

Miguel de Goicueta, le premier Espagnol qui les décrivit au cours de son périple dans les îles, en 1557.

Les planches brisées gardaient encore leurs clous et leurs pointes, et c'est avec ce matériel de fortune que Benedicto Cárdenas entreprit de construire une barque.

Le doute s'insinua dans l'esprit de ses compagnons. Était-il devenu fou comme Eliseo ou restait-il sensé comme eux ? Cárdenas chantait : «*Corre, corre enamorado, buscando una calle donde aparezca... Rie, rie, enamorado, buscando la vida que puyede venir...*[1] ». Puis il se contenta de siffler la mélodie qui fut emportée par le vent et renvoyée par la rumeur des vagues.

Peu à peu, la folie – ou la raison – de Benedicto s'empara de ses compagnons qui l'aidèrent avec enthousiasme dans la construction de son « bateau », lequel tenait plus d'un baquet de lavandière que d'une dalca huilliche.

Plusieurs jours s'écoulèrent sans que la mer ramenât d'autres bois flottants, mais un jour, dans la pénombre, apparut une forme. Ils crurent d'abord qu'il s'agissait du bras d'Eliseo. Mais c'était un bordage de la chaloupe que le courant renvoyait presque intact. Ça changeait tout. Ils le démembrèrent et s'attelèrent de plus belle à la tâche. Bientôt l'embarcation fut prête. Un seul homme pouvait y prendre place. Lorsqu'ils la mirent à flot, l'eau s'infiltra comme dans une jarre fendue. Ils n'avaient ni étoupe ni brai pour la calfater. C'est alors que le capitaine Ñato eut une idée lumineuse.

1. « Cours, cours amoureux, cherche la rue d'où elle peut surgir... Ris, ris amoureux, cherche la vie qui peut venir... »

– On n'a qu'à fixer sous la coque la peau d'un de ces vieux phoques.

Ce qu'ils firent avec succès. Il ne manquait que des rames, mais il ne restait plus le moindre bout de bois.

Le petit bac doublé de peau de phoque flottait bien et pouvait transporter un homme, mais celui-ci n'aurait que ses mains pour ramer. Le capitaine Ñato continuait d'uriner sur la sienne, apparemment sauvée de la gangrène.

– Les Yaghan disent que le premier homme est descendu du ciel par une corde en peau de phoque, déclara savamment Cárdenas. Pourquoi ne pas en faire autant ?

Autrefois, dans les îles, on confectionnait des lassos avec de la peau de phoque, mais dès qu'il s'agissait d'entraver un taureau, la corde devenait élastique et n'avait pas la tension suffisante pour ce type de besogne. Elle servait le plus souvent de courroie.

Une seule peau découpée en spirale leur donna une corde assez longue. Mais il leur fallut deux ou trois peaux supplémentaires pour atteindre la bouche de la grotte. Puis ils sacrifièrent une planche de la barque et la remplacèrent par un carré de peau. Cárdenas fut bien sûr le premier à éprouver la résistance de son embarcation de fortune en godillant avec la planche.

– Si j'atteins la sortie de la grotte sans me noyer, et même si je me noie, tirez la barque avec la corde et attendez d'autres planches pour l'agrandir, dit-il en les regardant avec un léger sourire. Si vous préférez, on tire au sort pour savoir qui part le premier.

Les quatre naufragés se dévisagèrent en silence, mais le mugissement d'un phoque, qui résonna comme une réponse, décida Benedicto à se porter volontaire.

Muni de la corde de phoque, il monta donc sur la petite barque et godilla avec la planche. Il avançait lentement, mais à mesure que la corde se déroulait, tenue à l'autre bout par Leuquén, la ligne de flottaison remontait. Il arriva à l'entrée de la faille et grimpa sur les rochers en s'accrochant aux lianes, abandonnant la barque à ses compagnons.

Leuquén tira précautionneusement la corde et l'embarcation revint à son port d'attache. Le deuxième fut le capitaine Ñato, qui godilla péniblement de la main gauche. C'était la première aventure de sa nouvelle vie de manchot.

Il dut abandonner définitivement la chasse aux phoques et c'est un soir, chez lui à Quellón devant un pichet de vin blanc, qu'il me raconta cette histoire.

Leuquén fut le dernier à sortir. Plus tard, un bateau qui venait des Guaitecas, chargé de poteaux de cyprès, vit les signaux de fumée que lançaient les quatre naufragés du haut d'un rocher et il s'arrêta pour les recueillir. Ils furent débarqués à Quellón, d'où ils étaient tous originaires.

Le médecin du dispensaire examina la main du capitaine Ñato. Il ne voulut pas lui amputer les doigts qui avaient déjà appris à se replier sur le pouce, comme le fait un pavillon sur un mât cassé par la tempête.

PÉRIPLES

Avant d'appareiller sur sa goélette l'*Orfelinda*, le capitaine Aníbal Pescetto traça son itinéraire entre les îles Calbuco, Ipún et Guamblin, bien qu'il dût prévoir d'autres escales où livrer les marchandises et embarquer les fourrures que lui confiaient des chasseurs isolés dans les fjords et les îles .

Le capitaine Pescetto était un homme serviable et estimé de tous. A terre, son grand plaisir était d'écouter Rosa Coleman chanter *La buena pesca*, et bien des gens qu'il avait secourus en pleine tempête lui auraient volontiers chanté, s'ils avaient pu rivaliser avec les vieux poètes de Chiloé, *La canción del buen hombre de mar*.

Il avait équipé sa goélette sur le modèle des vieux gréements, et les deux petits huniers qu'il avait fixés aux vergues du grand mât et du mât de misaine donnaient fière allure à ce modeste bâtiment de cinquante tonneaux qui pouvait filer ses douze nœuds sous la poussée des bons vents de travers soufflant des quarts ouest sur les golfes d'Ancud et de Corcovado.

A cette époque, l'île de Calbuco n'était pas encore

reliée au continent par une digue artificielle, sur laquelle passe aujourd'hui une route qui prolonge dans la mer notre vallée centrale. Cette digue de pierre fut construite à l'emplacement de l'ancien trajet du bac, là où l'on retrouva la carcasse rouillée d'un baleinier qui dresse encore sa proue comme le cou d'un cormoran enchaîné.

On voyait souvent l'*Orfelinda* sortir de la baie toutes voiles déployées, et les baisser à son retour avec un soupir de soulagement. Ses œuvres vives étaient de cette couleur vert bouteille que prend le courant de Humboldt, grâce au plancton que ses ramifications arrachent aux mers intérieures de Chiloé, des Guaitecas et des Chonos; et ses œuvres mortes rivalisaient en blancheur miroitante avec l'écume que sa proue relevée fendait à la crête des vagues.

Les voyages du capitaine Pescetto duraient de longs mois. Moqueurs, les gens de mer disaient de lui qu'il ne revenait à Calbuco que pour faire un enfant à sa femme, Orfelinda Vázquez. Le fait est qu'il ne restait jamais longtemps à terre et qu'il trouvait à chaque retour un nouveau rejeton.

Tel Dante, il répliquait aux rieurs que pour lui il y avait une Orfelinda en mer et une autre à terre, car la planète n'était pas autre chose : terre et mer.

Sa vie, que tout le monde connaissait, il préférait la raconter lui-même plutôt que d'en laisser le soin à de mauvaises langues. D'origine italienne, il était né à Ancône, un port de l'Adriatique. Ses parents avaient déménagé à Portofino alors qu'il avait un peu plus d'un an. Puerto Delfinius, aimait-il dire, faisant allusion à l'ancien nom de ce rivage fréquenté par les navigateurs et marchands phéniciens qui précédèrent, comme toujours, les premiers pirates de Méditerranée.

Le petit Pescetto grandit imprégné des récits légendaires du plus vieux métier des mers, celui de pirate – dont l'étymologie signifie tout simplement « voleur de mer » –, que ses rapines, ses forfaits et son goût du danger ont rendu célèbre. On accorde à ce personnage plus de noblesse qu'au voleur de terre ferme : il doit être un bon navigateur et faire preuve d'audace et de courage.

Illustre pirate de la Grèce antique, Polycrate, tyran de Samos, possédait une flotte de cent bateaux de guerre qui lui assuraient la domination sur toute la mer Égée. C'étaient des embarcations légères qui pouvaient naviguer en eaux peu profondes et se cacher dans des labyrinthes insulaires où l'on ne pouvait pas les suivre. A cette époque on longeait le plus souvent les côtes car aucun marin ne s'aventurait en pleine mer – et moins encore la nuit. Au coucher du soleil, l'ancre était jetée pour n'être relevée qu'aux premières lueurs de l'aube.

Tels étaient les récits qui peuplèrent l'enfance de Pescetto. La veille d'un départ, quand son esprit était déjà à bord de l'*Orfelinda*, il se disait : « La nuit tu n'es qu'un rêve, le matin tu es ma vie. »

C'était un homme d'un mètre quatre-vingt-dix, massif, le cheveu blond foncé, et dont les yeux avaient une couleur tantôt de terre, tantôt d'herbe. A la mort de sa mère il avait tenté à trois reprises de quitter la maison paternelle ; puis il était resté avec ses sœurs cadettes et la seconde femme de son père. A treize ans, il s'embarqua clandestinement sur un transatlantique à destination de l'Amérique. Découvert alors que le bateau avait franchi le détroit de Gibraltar, il fut contraint de travailler. Jetant alors un dernier regard aux colonnes d'Hercule, il crut tourner définitivement le dos à la vieille Europe.

Mais après s'être émerveillé de l'entrée dans le Río de la Plata, il déchanta rapidement quand le consul italien de Montevideo monta à bord, porteur d'un message de son père, don Marcio Pescetto, lequel demandait que son fils fût renvoyé en Italie sur le même bateau. Il endura donc deux fois son odyssée. Trois ans plus tard, au lendemain de son seizième anniversaire, il parvint à s'embarquer sur un vieux cargo espagnol, le *Gastelu*, et mit pied à terre sans incident à Punta Arenas, dans la province des Magellanes.

Là, il trouva du travail à l'*Overseas Club*, le bar de mister Nicolson, qui le logea dans une petite pièce derrière la réserve. Tel un bateau échoué, le bar avait sa proue orientée vers le quai Loreto, et sa poupe vers la pêcherie. Sur le quartier régnait un certain Pavlov, un vieux Russe de Vladivostok, court sur pattes, aux larges épaules et aux longues moustaches de cosaque.

Aníbal Pescetto connut ici sa seconde école, et il n'y avait plus ni père ni consul pour le ramener à celle de Portofino.

Bien que Nicolson le traitât assez bien, le jeune Pescetto, rongé par un désir de grands espaces, s'enrôla à la première occasion dans une bande de chasseurs de chevaux sauvages.

Puis il prit part à la fameuse expédition des chercheurs d'or de l'île Lennox, au sud du canal de Beagle.

Un désastre. Il y apprit comment des êtres humains peuvent régresser à l'état animal. Soixante-dix hommes avaient été recrutés, parmi lesquels un cuisinier et sa femme qui le secondait dans sa tâche. Les trois patrons de l'entreprise, quelque peu novices pour ne pas dire plus, durent affronter une véritable mutinerie lorsque se déchaînèrent les instincts les plus bestiaux, d'abord contre la femme du cuisinier, qui n'était pourtant plus toute jeune, puis contre une pauvre otarie qui avait mis bas parmi les hêtres du rivage. Queco, le chef de l'expédition, parvint néanmoins à calmer ce ramassis de brutes en leur distribuant quelques pépites d'or, puis à les disperser en les faisant embarquer sur des cotres phoquiers qui s'aventuraient dans les parages.

« Dans ces régions, on finit par devenir la puce du premier chien qui passe », lui avait dit Zlatko, le Yougoslave, un des meilleurs hommes de son équipe, une espèce d'ange de fer tombé dans cette cage aux fauves. Avec lui et quelques hommes, il partit pour d'autres îles, ainsi que le faisaient jadis les Indiens Yamana quand un fléau s'abattait sur la tribu : ils brûlaient les cadavres et leurs huttes, et s'en allaient sur leurs canots en quête de nouveaux rivages.

Puis, las de ces pérégrinations, Aníbal s'installa sur l'île de Calbuco, trouva l'*Orfelinda*, sa goélette, et fit la connaissance d'un Indien Alakaluf nommé Santiago Pedro de Valdivia[1] qui travaillait dans une mine de chaux de coquillages. Il l'engagea – et respecta son dieu Ayayema – après l'avoir vu disparaître dans l'étambot

1. Compagnon de Pizarre. Il acheva la conquête du Chili (1510-1569)

d'une goélette armé d'une hache, d'une herminette et d'un ciseau à bois, pour y poser une hélice en hêtre fabriquée par un insulaire, en remplacement de celle en fer qui s'était faussée contre des récifs, au cours d'une marche arrière effectuée pour se dégager d'un banc de sargasses.

« A bord de l'*Orfelinda*, il n'y a pas de place pour les mauviettes », répétait le capitaine Pescetto à ses matelots. Il possédait le titre de capitaine de goélette depuis que des pilotes de haute mer l'avaient vu affronter des tempêtes toutes voiles dehors, à mi-toile, ou voiles affalées, tandis qu'eux-mêmes restaient prudemment à l'abri. Ils avaient maintes fois eu recours à ses précieuses informations relatives à des anses et des mouillages inconnus, avec lesquelles il enrichissait un vieux portulan sauvé d'un naufrage, qu'il complétait en y dessinant les profils des caps dangereux, des îlots, des récifs, des entrées et des sorties de canaux transversaux dans cet enchevêtrement inextricable que forment les archipels des Chonos et des Guaitecas.

Santiago Pedro de Valdivia était son *guachiman*[1], le gardien de la goélette, celui qui ne la quittait jamais, qu'elle fût au mouillage ou échouée sur la plage de Calbuco, fidèle en cela à la coutume ancestrale des héroïques Alakaluf, lesquels arrivèrent péniblement à survivre à l'extermination blanche au fond de leurs canots et de leurs pauvres huttes dressées sur les flancs inhospitaliers de la cordillère des Andes. Faisait aussi partie de l'équipage Américo Pescetto, le fils de dix-sept ans, dont l'éducation n'était pas encore achevée.

1. Déformation de *watchman*.

En vue de Tabón, surgit d'entre les vagues un troupeau de *cahueles*, ces grands dauphins des mers australes. Comme à la parade, coiffés de leurs grands casques de pompiers, ils escortaient l'*Orfelinda*, jaillissant par couples hors de l'eau et replongeant en une espèce de rituel nuptial. Alors que les derniers rayons de soleil laissaient encore voir les reflets d'immenses nageoires d'espadons, les dauphins folâtraient de la proue à la poupe, bondissaient dans l'écume, blancs, noirs, la panse nacrée, le dos bleuté, nageant plus vite que la goélette. A la tombée de la nuit, le troupeau changea de cap, abandonnant la route d'Ayacara que nous suivions. Seuls, deux ou trois couples continuèrent leurs évolutions autour du bateau et un dauphin surgit à la surface, la gueule barrée d'un rayon bleu-vert phosphorescent : un énorme poisson-scie qu'il engloutit à la manière des requins en fouettant l'eau de violents et sonores coups de queue.

Soudain un homme cria : « Cachalot ! Cachalot ! ». Santiago Pedro de Valdivia et Américo se précipitèrent à bâbord.

Horacio Sánchez regagna les machines. Le Vieux, ainsi qu'on appelait Pescetto, se pencha par-dessus la rambarde. Enrique Gamín était à la barre. Aucun d'eux ne vit le cétacé aux grandes dents, que l'homme avait dû confondre avec un de ces gros dauphins voraces qui se gavent de poissons-scies.

– Ayayema ! bredouilla l'Alakaluf, redoutant de voir surgir son dieu de la mer qui nage sous les canots pour les faire chavirer sans pitié.

L'Ayayema du capitaine Pescetto était le « centre vélique », ce point où convergent les forces du vent sur la toile et qui se déplace quand le bateau donne de la gîte. Instants dangereux que tout capitaine de voilier se doit de maîtriser lors d'une fausse manœuvre, sans céder à la panique.

Le capitaine Pescetto avait autant confiance en son « Orfelinda de terre » qu'en son « Orfelinda de mer », aimait-il à dire. La quille de sa goélette et son tirant d'eau lui permettaient d'éviter les hauts-fonds, les contre-courants et les remous qui bouleversent, sous la pression fluctuante du Pacifique, la surface des chenaux les plus calmes et les mers intérieures des archipels. Ceux-ci s'étendent du canal de Chacao jusqu'au golfe des Peines, vaste région que fouillaient le capitaine et ses hommes à la recherche de coquillages et de bois de cyprès ou de mélèze, très appréciés dans le sud.

Malgré son expérience, Pescetto n'hésitait pas à consulter Santiago Pedro de Valdivia, notamment lorsqu'ils s'engageaient dans les labyrinthiques chenaux conduisant aux îles Ipún et Guamblin, ou bien par grosse mer aux bouches du Guafo quand ils prenaient la route océane pour raccourcir le trajet. L'analphabète Alakaluf parvenait à s'orienter en pratiquant de mystérieuses encoches sur les mâts, et il lui suffisait d'observer la dérive d'une algue pour savoir que le courant de Humboldt, dont il ignorait le nom, remontait jour et nuit vers le nord, et que ses ramifications s'infiltraient jusqu'au pied des glaciers andins.

Seuls le capitaine Pescetto et ses hommes osaient dresser leurs tentes de toile goudronnée au bord d'une crique perdue d'Ipún, l'île si riche en légumes sauvages. Mais Pescetto aimait aussi cette île pour ses jardins aurifères qui dorment au fond de l'océan et des grottes sous-marines.

Si l'on voulait le faire parler, il suffisait de faire allusion à son île dorée où il était parvenu à amasser une petite fortune en pépites et poudre d'or que les grandes marées du Pacifique charrient et abandonnent parmi les récifs.

Peu nombreux furent ceux qui découvrirent et gardèrent le secret de cette nature qui avait travaillé des millions d'années comme une industrieuse esclave pour satisfaire l'ambition d'une poignée d'hommes, au prix parfois du sacrifice de quelques vies. Ce miracle énigmatique des doigts du temps, qui avaient tamisé la lourde poudre aurifère et agrégé des pépites de toutes tailles, occuperait jusqu'à son dernier jour les pensées du capitaine Pescetto.

Trois jours et trois nuits, les vents déferlèrent sur les crêtes de l'île avec un extraordinaire acharnement. On ignore pourquoi ils déchargent ici leur furie. Leurs assauts cessèrent au quatrième jour, et dans ce calme tant attendu apparut le casque d'or du soleil dont les rayons firent brasiller la plaque argentée des eaux.

– Vous avez entendu le coup de canon, capitaine ? fit Horacio Sánchez, impressionné.

– C'est la mer… qui a dû lancer une des trois grandes vagues dans la grotte du Pirate à la pointe de Guamblin, répondit Pescetto en cherchant sa blague à tabac pour bourrer sa pipe.

Il souleva un coin de la toile et contempla la pleine lune.

Au lever du jour, ils entendirent de nouveau la canonnade de ces lames folles qui explosent dans les crevasses et les grottes que les plongeurs connaissent comme la paume de leur main.

– On va travailler dans l'autre île, ordonna le patron après qu'ils eurent déjeuné de maté et de chair de phoque grillée sur la braise.

La mer invitait à charger la goélette sans tarder ; elle était calme, seul un soupir plaintif montait du rivage. La tempête avait coiffé un rocher plat d'un amas de sargasses arrachées par la houle.

Les hommes se préparaient, la pêche serait bonne. Soudain, une langue d'écume verte noya ce rocher plat, découvrant un corps de femme emprisonné par les algues. Surpris et inquiets ils firent signe au capitaine. Au moment où Pescetto les rejoignait, une grande vague silencieuse surgit qui submergea le rocher et emporta son linceul végétal. Trempés jusqu'à l'os, le capitaine et ses plongeurs retournèrent au campement pour se changer et poursuivre leur tâche en un lieu plus propice. Mais comme la mer s'était calmée, le capitaine insista pour plonger à l'endroit où le corps avait disparu. Il y eut une brève discussion et, après un pesant silence, ils s'embarquèrent tous sur la chaloupe. Le capitaine avait revêtu sa combinaison blanche de plongée, ses chaussures plombées, son gros casque de bronze aux hublots carrés protégés de grilles, et il tenait son *chinguillo* [1] à la main.

1. Panier grillagé.

– Laissez-moi descendre à votre place, proposa Manuel Aguilar.

– N'y allez pas, dit un autre, vous avez un pouls irrégulier et le médecin de Puerto Montt vous a mis en garde.

– Je fais ce que je veux ! Je vous ai dit qu'après ce voyage vous auriez l'*Orfelinda* et que je ne serais plus qu'un associé.

Tous se regardèrent bouche bée.

– Qu'est-ce que tu en dis, toi ? demandèrent-ils au jeune Pescetto quelque peu perplexe.

– Qu'il ne doit pas plonger !

Ce fut aussi l'avis de Santiago Pedro de Valdivia qui l'exprima par un battement de paupières, comme un petit phare.

Ils appareillèrent en silence. Dans la chaloupe trônait la machine à compression avec son grand levier qui devait alimenter le scaphandre en air pur. A terre, de petites fleurs bleues se redressaient en tremblant après la tempête. Les grives aussi étaient revenues, et les tourbières sillonnées de vers, d'escargots, d'insectes bruissaient d'une sourde rumeur.

– Laissez-moi plonger à votre place ! cria Aguilar en tentant une nouvelle fois de faire céder le capitaine.

Par l'échelle de fer accrochée au flanc de la chaloupe, descendit un petit soleil de bronze que de multiples plongées avaient piqué de vert-de-gris. Manuel prit entre le pouce et l'index le câble à signaux en s'accoudant au bordage. Ruben actionnait le levier de la machine à air comprimé. Pedro de Valdivia, barre en main, s'efforçait de maintenir la chaloupe en panne. Sur la mer régnait ce calme plat qu'adopte parfois le Pacifique en l'honneur de son nom; mais c'est un calme où rôde une vague immense qui gonfle à l'horizon à la recherche d'une côte sur laquelle elle pourra déferler.

Américo observait son père qui descendait, telle une grenouille blanche à la tête énorme, en une lente danse fantastique parmi des milliers de perles transparentes qui éclataient à la surface. Puis il remplaça Aguilar à la corde à signaux et se mit à guetter anxieusement les secousses qui pourraient tendre ce fil d'ombre et de lumière ondulant dans les eaux.

Si l'espace d'un battement de cœur la lumière peut parcourir sept fois le tour de la terre, chaque nœud qui sert à compter les brasses du plongeur et chaque bulle d'air empoisonnée par sa propre respiration peuvent mesurer dans un cerveau humain, prisonnier d'un crâne et d'un casque de bronze, la brève distance qui sépare la naissance de la mort, les deux îles de l'homme. Ce fut cette brève distance que franchit le capitaine Pescetto. Il s'enfonçait dans le calme des eaux profondes, tandis que flottait vers lui le linceul d'algues qui enveloppait ce cadavre de femme entrevu à l'aube sur un rocher.

Il avait plongé des centaines, des milliers de fois, descendant et remontant le long de ces grappes de bulles empoisonnées qui crevaient à la surface des eaux pour revenir, purifiées, irriguer sa conscience.

Pescetto avait déjà rempli son panier d'araignées de mer et de grands crabes qu'attirent les appâts, surtout les têtes pourries de poissons dont ils sont friands. Aguilar continuait à insuffler de l'air et Santiago Pedro tenait fermement la barre. Tous les visages étaient tendus, et tous se regardaient comme pour réaffirmer la règle d'or des plongeurs : « D'abord celui d'en bas. »

Une étrange vision raviva la mémoire du capitaine. Il venait d'apercevoir entre les algues un de ces crabes géants de la mythologie des îles qui, selon les gens de Chiloé, portent parfois un enfant dans leurs entrailles. Sa carapace brillait. Le capitaine se redressa comme un fantôme somnolent et avança au pas lent de ses lourdes semelles plombées vers ce grand crabe d'or. Mais lorsqu'il écarta les touffes d'algues pour ne pas les emmêler au tuyau d'arrivée d'air, un rayon de soleil lui révéla dans un scintillement de couleurs le bronze d'une de ces cloches de bateau qui annoncent les changements de quart.

Il tentait de la dégager de la crevasse qui l'emprisonnait quand il ressentit le premier étourdissement qui troubla le spectacle merveilleux du soleil dansant entre les algues. Il parvint pourtant à libérer la cloche et à la déposer dans son panier. Mais quand il releva la tête, il aperçut les reflets nacrés du corps nu de la noyée qui s'approchait de lui. Il tira désespérément sur la corde et s'agrippa aux nœuds…

Quand ils le remontèrent par la petite échelle, le capitaine des îles d'or serrait encore contre lui la cloche brisée. Ils l'allongèrent sur le bastingage et lui ôtèrent le casque du scaphandre. Puis ils le transportèrent à bord de l'*Orfelinda*. Son visage était enflé et violacé, ses yeux rappelaient ceux d'un phoque effrayé, et son cœur tourna sept fois encore autour de la terre.

La goélette leva l'ancre précipitamment et mit le cap sur Calbuco.

Orfelinda Vázquez reçut des bras de la mer l'homme qu'elle allait déposer dans le cœur de la terre chilote, où, pour toujours, il dormirait sans rêver.

LE GOLFE DES PEINES

Malmené par une forte houle, notre bateau se couchait tel un animal blessé à la recherche d'un passage à travers l'horizon obstrué de sombres échines mouvantes.

– Accroche-toi, vieux ! siffla un marin entre ses dents serrées comme si une douloureuse contraction lui nouait les entrailles.

Le bateau qui semblait l'avoir entendu plongea en craquant au fond d'une lame de quarante-cinq degrés et se hissa au sommet de la vague suivante, encore incliné mais délivré de la menace de chavirer et de couler à pic. La visibilité était nulle et le ciel déversait sur nos têtes une pluie drue et mortifiante.

Soudain, une ombre noire émergea des embruns à la crête des flots ; une vague l'engloutit et une autre la souleva, révélant le plus insolite spectacle auquel on puisse assister en haute mer et en pleine tempête : une chaloupe avec cinq hommes à bord.

Étrange rencontre dans ce golfe où ne s'aventurent que des bateaux de gros tonnage. Le nôtre, qui filait dix nœuds moteur à plein régime, luttait depuis vingt-quatre heures pour le traverser ; il faudrait au moins une semaine à cette coquille de noix manœuvrée à la rame pour atteindre le phare San Pedro, les premiers rochers au sud de ce terrible golfe.

Dans le tumulte de la tempête, la cloche des machines résonna comme un battement de cœur contre les flancs de métal, et le bateau ralentit son allure.

C'était une chaloupe ventrue en bois de cyprès, dont la coque épaisse avait pris une teinte rosée à force d'être exposée à l'eau de mer et aux pluies. Quatre hommes ramaient vigoureusement, debout, un pied appuyé sur le bastingage, et regardaient l'eau avec une étrange fixité quand la vague se cassait et les entraînait vers l'abîme. Le patron, lui aussi debout et cramponné à la barre, aidait d'une main le rameur de poupe d'une poussée de tout son corps, ce qui semblait redonner élan et force à l'équipage. De temps en temps, une colline d'eau emportait la chaloupe, et ils donnaient alors l'étrange impression d'être suspendus au-dessus des eaux bouillonnantes. Quand elle fut à notre portée, nos hommes lui lancèrent un cordage lesté d'une sonde que le rameur de proue attacha par un nœud coulant à un anneau fixé sur son banc. La proximité des deux embarcations devenait dangereuse ; les vagues redoublaient de violence et l'esquif risquait à tout moment de se fracasser contre la coque en fer de notre bateau. Une échelle de corde fut larguée par-dessus bord et, quand la crête d'une vague souleva la chaloupe quasiment à hauteur des bossoirs, d'un bond le patron s'agrippa à l'échelle et grimpa avec l'agilité d'un chat. Il posa le pied sur le pont et gravit en coup de vent l'escalier conduisant à la passerelle.

Lui et le capitaine s'enfermèrent dans la cabine. Nous étions tous dans l'expectative. Les rameurs sur leur coquille de noix s'efforçaient de se maintenir à une distance prudente ; la proue de notre bateau s'enfonçait dans la houle et relevait sa grosse tête lasse blanchie d'écume. Le bosco et les matelots se tenaient prêts à hisser la chaloupe dès que le capitaine en donnerait l'ordre.

Les minutes s'écoulaient. Pourquoi tant de palabres alors qu'il fallait secourir des hommes perdus en plein océan ?

La tension retomba quand nous vîmes l'homme ressortir de la cabine. Il fit un geste bizarre de la main et redescendit l'escalier avec la même souplesse animale. Mais l'ordre d'embarquer les naufragés ne vint pas. Notre étonnement grandit.

Il passa devant moi et me jeta un regard froid et décidé. Je voulus parler mais ses yeux me clouèrent le bec. L'homme, en pantalon de laine épaisse et gros chandail, était trempé, les pieds et la tête nus, le visage aussi délavé que le bois de son bateau, et il manifestait cette insolente agilité qui semble se gausser des rigueurs implacables de la tempête.

Il retraversa le pont comme une flèche, enjamba la rambarde, s'agrippa à l'échelle et, profitant d'un balancement de la houle, se retrouva d'un bond à la barre de sa chaloupe.

– Largueeeez ! cria-t-il, et le matelot de proue détacha le câble et le lança au loin d'un geste de dégoût. Les hommes se mirent à ramer vigoureusement et l'embarcation se perdit derrière une montagne d'eau. Elle fut de nouveau propulsée au sommet d'une vague, puis disparut comme elle était venue, petite ombre noire avalée par l'obscurité.

Le seul ordre qui retentit sur le bateau fut celui de la cloche des machines. Et nous reprîmes notre route. Les marins semblaient attendre encore, muets, les bras ballants. Le bosco, maussade, ramena lentement le câble, comme si tout le mépris de la mer y était accroché.

– Pourquoi on ne les a pas pris à bord ? demandai-je un peu plus tard au capitaine.

– Leur patron n'a pas voulu qu'on les embarque en qualité de naufragés.

– Pourquoi ?

– Il m'a dit : « On est des chasseurs de phoques de l'île de Lemuy ! Pas des naufragés !

» – Vous savez bien que les autorités maritimes interdisent de franchir certaines limites sur une petite embarcation ? Vous pensez peut-être traverser le golfe sur cette coquille de noix ?

» – Ce n'est pas une petite embarcation, c'est une chaloupe à cinq bancs et tous les ans, à la même époque, c'est là-dessus qu'on traverse le golfe. Tout ce qu'on vous demande, c'est de nous prendre à bord et de nous laisser près de la côte ; rien de plus.

» – Si je vous embarque, je suis obligé de vous déclarer à la Capitainerie !

» – Pas question, ils nous inscriraient comme naufragés… et ça, ni vivants, ni morts ! On n'est pas des naufragés !

» – Alors je ne vous prends pas à bord.

» – Bien, capitaine !

Et d'un geste de la main l'homme avait signifié que l'entretien était terminé.

Sans pouvoir me contenir, je m'exclamai :

– Alors, vous les avez laissés affronter la mort en plein milieu de ce bouillon infernal plutôt que de leur donner une chance en les débarquant près de la côte ? Il n'y a pas de règlement qui tienne dans une situation pareille !

– Peut-être bien, mais ce type était un vrai cabochard ! répliqua le capitaine. – et me jetant un regard en coin, il ajouta : S'il avait insisté un peu plus, je les aurais embarqués !

Dehors, l'obscurité s'épaississait sur le golfe des Peines.

BOIS SEC

La mer commença de se pommeler d'écume alors que nous naviguions en vue de Butachauques, une grande île au pied de la cordillère des Andes, qui protège un groupe de ses petites sœurs.

Le *Pumalín*, notre goélette de trente tonneaux, était lourdement chargé de sacs d'huîtres, de moules, de cholgas et de choritos, que nous avions collectés au cours d'une tournée des parcs à coquillages des îles Chauques. Aucune carte ne consigne avec précision le nombre de ces îles ; la marée basse en découvre six ou sept reliées par des rochers ou des bancs de sable, alors qu'à marée haute on en compte une douzaine. L'océan Pacifique joue ici comme un enfant dont les doigts cosmiques s'enfoncent dans le canal de Chacao et le golfe de Corcovado, et se rejoignent pour composer un puzzle d'îles.

– Tant mieux si le golfe s'agite, les coquillages arriveront plus frais à Puerto Montt et à Santiago, lança le patron José Hernández y Hernández, ainsi qu'il aimait à se présenter en imitant l'accent espagnol.

Originaire de l'archipel de Chiloé, il avait longtemps bourlingué sur des cotres qui chassaient le phoque dans le détroit de Magellan, où il avait probablement pris cet accent espagnol avec lequel il prononçait son double nom, car, à Chiloé, celui qui n'en porte pas deux souffre d'un complexe de bâtardise. Mais fort d'un cosmopolitisme acquis aux Magellanes et d'une loquacité étrangère à ses compatriotes taciturnes, Hernández se moquait des préjugés et s'amusait à répéter son patronyme plutôt que de lui accoler le nom de sa mère : Andrade.

Nous sortîmes du golfe d'Ancud par le canal qui sépare les îles Taucolón et Butachauques, et nous étions en vue de celle de Caucahué quand la goélette commença d'embarquer des paquets de mer par tribord amures. Les flocons d'écume tourbillonnaient et s'accrochaient aux sacs de coquillages entassés sur le pont. C'était un vrai plaisir de voir cette goélette filer agilement, comme voulant arriver au plus vite à bon port pour livrer sa marchandise bien fraîche.

Le *Pumalín* était un bateau de belle facture, doté de membrures en bois de chaquigua et d'une coque en cyprès. Outre ses voiles, pour l'heure repliées car nous avancions bout au vent, il disposait de machines d'une puissance de huit à dix nœuds. Sa proue, haute et effilée, fendait les vagues comme une lame. Je m'étais embarqué en qualité de simple passager à Mechuque, le port principal des îles Chauques, à destination de Puerto Montt et de Santiago.

La nuit tombait quand nous laissâmes derrière nous le phare de Lobos à l'extrême nord de l'île de Caucahué, qui envoie du haut de ses soixante-dix mètres un ultime signal aux bateaux s'engageant dans le golfe d'Ancud. « Nord clair, sud obscur, orage sûr », affirme un dicton, mais cette fois le sud comme le nord se fondaient en une seule et même obscurité.

A l'abri dans la cabine, le patron Hernández et moi prenions plaisir à fendre ces eaux noires sur un bateau aussi agile et solide. Quand une embarcation modeste affronte, avec de bonnes machines, une nuit de mauvais temps, on ressent une extraordinaire impression de vie et de force. C'est comme si on frôlait un danger extrême avec l'assurance d'en réchapper.

Et c'est peut-être ce qui délia la langue de José Hernández, un homme de taille moyenne, sec, l'œil noir et brillant, la quarantaine.

– Sur son bateau, un capitaine est parfois comme Dieu, me dit-il. Vous avez vu l'équipage ? Il passe son temps à se régaler de coquillages grillés pendant qu'il y en a un qui s'emmerde à la barre.

– Oui, répondis-je, et je ne vais pas tarder à me joindre à eux.

Il y avait trois hommes d'équipage, auxquels un plongeur de Puerto Negro avait donné un demi-sac de ces choros appelés *zapatos*[1] à cause de leur taille, et dont la pêche avait été interdite sur tout le littoral parce qu'ils étaient en voie d'extinction. Ils les cuisinaient sur un petit fourneau à bois et c'était délicieux.

– Dieu doit être bien seul là-haut et il n'a personne à qui demander un choro, murmura le patron entre ses dents.

1. Chaussures.

– Il n'est pas si seul, répliquai-je, il peut toujours faire appel au Saint-Esprit…

José Hernández éclata d'un rire dont l'écho sembla rebondir contre les vagues qui se brisaient sur la proue du *Pumalín*.

– Vous devez être athée, me dit-il, ou franc-maçon.

– En vous comparant à Dieu, vous l'êtes plus que moi.

– C'est que j'ai bien été obligé de Le remplacer, une nuit où, sur un petit cotre phoquier, la tempête nous a attaqués à la hauteur du cap Tamar, alors qu'on faisait route vers Punta Arenas. Les hommes étaient épuisés par la chasse aux popis, vous savez, ces petits phoques à un poil. Ils dormaient comme des souches et moi j'étais tout seul en haut, à la barre. Par chance les panneaux étaient fermés, mais le cotre embarquait des vagues tellement énormes que j'avais peur qu'on coule à pic. Le bateau et moi, on grelottait sous l'eau, tandis que ces gros veaux dormaient à poings fermés ; pas un seul n'est monté sur le pont. J'avais envie d'abandonner la barre, d'ouvrir l'écoutille et de les tirer de là par la peau du cou, mais je me suis dit : à quoi bon ? Le canot de sauvetage avait rompu ses amarres et les vagues l'avaient emporté. De toute façon, avec ou sans canot, c'était pareil ; quand une tempête éclate au cap Tamar, on ne peut rien faire. Alors j'ai commencé à rire tout seul. Ce qui se passait en vérité, c'est que j'avais plus peur qu'eux, et j'aurais bien voulu qu'il y en ait un qui monte sur le pont, simplement pour me tenir compagnie. J'avais marché plusieurs fois sur la crête noire de la peur. Cette nuit-là j'ai dansé, comme le cotre, sur des centaines de vagues noires, mais j'ai réussi à passer. Et puis je me disais : Tant mieux pour eux si ces gros veaux partent dans l'autre monde en dormant ... Qu'est-ce que j'allais gagner à les réveiller ? On allait peut-être tous émigrer pour l'au-delà... Et j'ai continué à résister jusqu'à ce que la tempête se calme. Alors, seulement, je suis allé les réveiller pour que l'un d'eux me remplace à la barre, mais les jours suivants je les regardais comme si je leur avais donné le jour, avec un sentiment de supériorité, teinté toutefois d'affection. Les hommes sont comme ils sont, il ne faut pas leur en demander plus.

Son récit terminé, le patron du *Pumalín* me jeta un coup d'œil soupçonneux, non qu'il pensât que je mettais en doute ses paroles, mais parce qu'il devinait mes désirs :

– Allez, vous crevez d'envie de manger des choros, me dit-il d'un ton paternel. Dites au « Chúe » qu'il vienne à la barre pour que je vous tienne compagnie au festin.

Le Chúe, un jeune marin à fière allure, vint remplacer son patron qui put à son tour se régaler de mollusques grillés.

– Par gros temps j'interdis de boire, mais on va faire une exception pour vous, dit-il en sortant d'un placard fermé à clef une carafe de vin blanc.

– Allez, *Cuncunita*, chante-nous une cueca, lança un marin qui venait de manger ses choros et de se rincer le gosier.

L'homme interpellé regarda le patron, quêtant son approbation.

– Tu peux brailler si tu veux, histoire que ce passager sache comment on se distrait dans le coin.

– Pourquoi on l'appelle Cuncunita[1] ?

– Parce qu'à Chonchi il y a la cantine du vieux Cuncuna qui joue de cet accordéon qu'on appelle *cuncuna*, et comme c'est lui qui lui a appris ses chansons et qu'il joue et chante plus mal que le vieux, on l'a surnommé Cuncunita.

Cuncunita empoigna donc une guitare rudimentaire, découpée dans une planche de mélèze et munie de cordes en vulgaire fil de fer, qu'il commença de gratter tandis qu'un de ses compagnons tambourinait sur la caisse de paraffine où il était assis. Au son du petit orchestre et de la rumeur des vagues qui balayaient le pont, sa voix s'éleva :

Las cucahuanas dicen
la Pascua viene
para vender chupones
y conquehuenes

Y conquehuenes, mi alma,
una me dijo
yo con vos quisiera
tener un hijo

Hijo e Cuncuna mi alma,
como la luna
que sea compositor
hijo et Cuncuna

1. Petite chenille.

Hijo e Cuncuna mi alma
si ay, ay, ay
te agarré la mata e luche
y tu el ragüay[1].

Nous avons bien ri du double sens des derniers vers : le luche est une algue comestible, douce et tendre, qui niche comme un noir pubis entre les fentes rocheuses, et le ragüay, la racine de la nalca, une tige dressée qui surgit des sables, protégée par une feuille de la taille d'un parapluie.

Le *Pumalín* naviguait, machines à plein régime, contre un vent du nord et des vagues qui gagnaient en puissance. Peu après minuit, nous nous trouvions au cœur du golfe d'Ancud. Une averse s'abattit du ciel d'encre et crépita sur le pont comme un lavage à grande eau projeté par la bourrasque. L'écume éparpillée sur le pont était la seule clarté confuse entre ciel et mer, dans cette noirceur qui nous emprisonnait comme une cloche à plongeur sur laquelle quelqu'un aurait tambouriné sans relâche.

Soudain, le matelot Carcamo vit un éclair frapper la hune d'un mât.

– Nom de Dieu ! Les feux Saint-Elme !... s'exclama Ulloa, le vétéran du bateau.

1. « Les femmes de Cucao disent / Pâques arrive / pour vendre sucettes / et coquillages // Et coquillages, mon amour/ l'une me dit /moi j'aimerais avoir / un enfant avec toi // Enfant et Cuncuna, mon amour / comme la lune / qu'il soit compositeur / enfant et Cuncuna // Enfant et Cuncuna, mon amour / oui, ay, ay ay / j'ai attrapé la touffe et le luche / et toi le ragüay. »

– Fais pas chier, ce sont des cauquiles ! proféra le capitaine, faisant allusion aux noctiluques emportées par les rafales de vent. Vous savez, me dit-il, que les feux Saint-Elme s'allument dans les hunes quand le bateau est sur le point de faire naufrage. C'est le signal qu'il faut se préparer à mourir. Mais je ne crois pas à toutes ces sornettes, ni à ces soi-disant sorciers chilotes qui vont d'une île à l'autre en volant au-dessus des eaux avec une lanterne verte. Pour moi, ce sont tout simplement des canards ou des corbeaux qui ont des cauquiles plein les plumes.

Le patron se leva et retourna à la barre. Nous restâmes seuls, le Chúe et moi ; les deux autres marins étaient collés à la claire-voie de la cuisine en train de contempler la tempête qui faisait rage. Plus personne ne parlait.

– Renforcez les amarres du canot et passez vos gilets de sauvetage. Et vérifiez les feux de position !

Ce fut le dernier ordre que lança le patron, alors qu'une ombre étrange surgissait à bâbord. Les poignées de la barre se mirent à tournoyer entre ses mains et la goélette vira par tribord afin de ne pas heurter cette ombre surprenante qui dansait sous le vent au milieu des vagues.

Je ne crois pas au *Caleuche*, le vaisseau fantôme de Chiloé, mais cette embarcation spectrale errant en pleine tempête nocturne me fit penser au bateau de la mythologie insulaire, alors que ce n'était peut-être qu'une vieille carcasse ballottée par les flots.

En virant par l'avant, le *Pumalín* se mit à rouler dangereusement de bâbord à tribord ; mais Hernández le redressa habilement de biais pour affronter les houles.

– Il m'a semblé entendre une voix, dit Ulloa, le vieux mécanicien, en pénétrant dans la cabine.

– Moi aussi j'ai entendu un cri, confirma le Chúe.

– Qu'est-ce qu'on fait ? proposa le patron.

– Je crois qu'on devrait aller voir... On ne sait jamais, il est peut-être abandonné, à la dérive, et s'il tient le coup tout seul, c'est que c'est un bon bateau.

– C'est risqué de tourner le dos à la tempête... dit le patron en commençant toutefois à manœuvrer prudemment pour se rapprocher de l'épave.

Le *Pumalín* fit des embardées si violentes que nous dûmes nous accrocher aux poignées de la cabine pour ne pas tomber. Le patron se cramponnait à la barre, la tête courbée, comme un pétrel des tempêtes. Une énorme langue d'eau gifla le toit de la cabine et je crus un instant que nous allions chavirer.

La peur en mer n'est pas la même que celle que l'on éprouve sur la terre ferme. Quand se produit un tremblement de terre et que les maisons s'effondrent, les décombres demeurent comme un naufrage pétrifié ; la frayeur, instantanée et animale, s'estompe rapidement. Mais en mer l'homme lutte et tremble malgré lui, sans répit, et sa peur s'étend bien au-delà des feux Saint-Elme. Avant de mourir, le noyé voit défiler sa vie en un éclair et c'est peut-être le seul moment où il a conscience de l'infini. Je ne sais pourquoi je me mis à penser à cela tandis que nous nous débattions dans les coups de roulis, au milieu de notre cargaison de coquillages... Je voyais les mollusques entrebâiller leurs valves, heureux de se retrouver sous l'eau d'où l'homme les avait arrachés… Allions-nous payer un tribut aux crabes qui sont si friands de cadavres ?

Mais le cyprès des Guaitecas, dans lequel le *Pumalín* avait été construit, résiste à bien des épreuves. Il supporta sans gémir la manœuvre et nous mîmes enfin le cap sur la masse grisâtre.

– C'est la *Maria Angélica*, s'écria le mécanicien en éclairant de sa lanterne une grosse coque couleur de plomb qui se balançait comme un radeau bousculé par la houle.

Soudain, de sa cabine de pilotage jaillit une ombre blême et une voix rauque, déchirée, hurla :

– Remorquez-moi… !

– Impossible !… cria le patron.

Ces paroles furent répétées de pont à pont, entrecoupées d'interjections qui semblaient clamées par la tempête. Enfin, le patron Hernández ordonna de lancer un câble. L'ombre s'en saisit et courut l'attacher à un anneau de proue. Puis elle déroula la grosse touée de remorquage. C'était un homme seul qui s'agitait, personne d'autre n'était visible sur le pont.

Le remorquage diminua notre allure et aggrava la situation. Le *Pumalín* était écartelé entre deux forces ; en proue, le vent et les vagues ; en poupe, les secousses du câble.

– On ne sait jamais ce qu'on va trouver en chemin ! me dit Hernández au moment où j'entrais me réfugier dans la cabine. Qu'est-ce qui a pu arriver à ce type pour qu'il se retrouve seul à bord ?

Nous luttâmes toute la nuit contre la tempête, traînant derrière nous notre fantôme proue au vent – ceci pour maintenir les deux bateaux à flot plutôt que pour avancer. Quand le jour commença de poindre, la tempête s'apaisa comme par enchantement, de cette manière insolite et capricieuse que connaissent bien les marins chilotes. A l'aube, nous étions en vue de l'île Huar; puis, grâce au vent qui était remonté, le ciel s'éclaircit et le sommet conique du volcan Osorno émergea, étincelant de la dernière neige soufflée par la tempête. Quand nous sommes passés entre l'île Tenglo et le continent, un calme plat régnait dans la baie d'Angelmo qui nous accueillit avec une lumière innocente comme le regard d'un enfant qui vient de crever les yeux de son petit chat.

La *Maria Angélica* jeta l'ancre derrière nous. Alors apparut à la proue un homme grand et grisonnant qui nous adressa un salut de gratitude de ses deux mains serrées au-dessus de sa tête.

Un moment plus tard, le patron Hernández l'envoya chercher sur son canot. La première chose qu'il réclama fut un bol de café avec de l'eau-de-vie. Nous étions tous trempés jusqu'aux os, mais lui bien moins que nous. C'était un homme d'une soixantaine d'années, peu expansif, serein, le sourire ironique et méfiant.

– Je vais devoir vous conduire à la Capitainerie, lui dit Hernández.

– Oui, je sais. On réglera le remorquage là-bas.

– Mais dites, qu'est-ce qui s'est passé ?

– Les câbles ont cassé et j'ai perdu le gouvernail.

– Et l'équipage ?

– Ils sont partis sur le canot de sauvetage.

– Et vous ?

– Moi… quoi ?

– Vous vouliez couler avec votre bateau, comme dans les mauvais romans ?

– Non, quelle idée… dit-il en gloussant sourdement. – mais reprenant son sourire énigmatique, il ajouta : Ils voulaient sauver leur peau, ils ont cru que ça allait mal tourner.

– Les salopards ! Vous abandonner comme ça !

– Non, non, ils ne m'ont pas abandonné… Quand j'ai vu qu'ils étaient verts de peur, je leur ai dit de prendre le canot, de partir sans moi et de ne pas s'en faire. Je suis resté à bord. C'était ma décision, voilà tout.

– Qu'est-ce que vous transportez ?

– Du bois sec.

– Ah !… Bien sûr ! Un bon bois sec ne coule jamais. D'où veniez-vous ?

– De Quemchi.

– L'équipage aussi ?

– Eux, de Quemchi ? Vous plaisantez !

Et il rit de nouveau, de son étrange rire sourd.

Le lendemain, une chaloupe de pêcheurs de mollusques qui venait du sud trouva les cadavres des deux matelots de la *Maria Angélica* échoués sur les plages de l'île Lagartija, cette île qui s'étire comme un serpent chatoyant au bord du golfe d'Ancud. Aucune trace du canot. Une embarcation abandonnée en pleine mer par son équipage appartient au premier qui la trouve.

LE PAS DE L'ABIME

Le capitaine José Melías Quilán rêve de poissons, de poissons lisses, soyeux, de bancs de poissons au ventre blanc, flottant tels des glaçons en pleine mer... De poissons tués par une explosion de dynamite ou l'éruption sous-marine de gaz délétères...

Il dort, le dos tourné à sa femme Sofía, dans sa maison de planches dressée au bord d'une crique du cap Quilán où ils vivent avec leurs sept fils – aucune fille. Soudain, il gifle Sofía d'un coup de nageoire pectorale. Le capitaine Melías Quilán est un phoque et Sofía, sa femelle... Pourquoi ? Les rêves restent sans réponse, ils se racontent, c'est tout.

Le capitaine se réveille et revoit le visage malveillant de son pilote, Humberto Marabolí. Ils sont sur le point de s'engager dans le Pas de l'Abîme, un canal des Magellanes à proximité de l'Angostura Inglesa.

Oui, ce pilote est un sale type qui estime que le capitaine, ce devrait être lui, parce qu'il a fait des études et qu'il est intelligent. Un sournois, pense José Melías. Mais il se rappelle le capitaine José Conrad qui conseillait de surveiller ses paroles, comme un équipage veille à la propreté du bateau. Et de cracher par-dessus bord, pas sur le pont.

Qui dira comment on passe de l'amour à la haine ? On ne sait rien d'un marin tant qu'il n'a pas affronté une tempête, un naufrage, un sauvetage, la mort. L'abîme franchi, l'homme devient plus obscur, plus opaque. Alors, seulement, on peut espérer le connaître. Après ses bagarres avec la nature, semblables à celles qui éclatent entre les hommes. Et les hommes sont ce qu'ils sont. Un capitaine est bien forcé d'accepter ceux que recrute la compagnie. Il ne les choisit pas. Il y a vraiment peu de choses que l'homme choisit dans sa vie. Le plus souvent, c'est lui qui est choisi.

José Melías Quilán avait été embauché pour sa grande expérience des canaux magellaniques et pas pour son nom à rallonge. Celui-là non plus, il ne l'avait pas choisi. Qui diable avait eu cette idée ? Il l'ignorait. José, ça allait, c'était un vrai prénom, comme celui du capitaine Conrad. Mais la suite ne ressemblait à rien. Le curé l'avait baptisé José en l'honneur du saint charpentier de Jérusalem. Quant à Melías, peut-être une lointaine parenté avec le meli, un grand arbre touffu aux branches incurvées en forme d'étrave, de membrure, de hune de perroquet, où l'on pouvait accrocher une lanterne ou bien pendre un chrétien. Un arbre au bois dur comme celui de la *luma*, mais celui-ci est foncé et son fruit, le cauchao, est si noir que les ignorants qui méprisent leur propre passé osent en surnommer ceux qui ont du sang indien.

Gigantesque, fourni, le meli a le cœur blanc, très

blanc, et son écorce est veinée comme le cuir des taureaux *clavel*. Pourquoi les couleurs de la nuit et du jour se disputent-elles l'âme et le cœur des arbres ?

Chaque fois qu'ils s'engageaient dans le Pas de l'Abîme, après avoir essuyé une tempête au cap Tamar, les murmures concernant Sofía revenaient, concernant aussi ses six enfants bruns et son septième, blond miel, blanc comme le cœur du meli et aux yeux bleus comme les trouées de ciel à travers le feuillage de ce grand arbre qui évoque la mâture d'un bateau en pleine mer, quand les vents tourbillonnants s'abattent brutalement des sommets enneigés.

José Melías redoutait moins le cap Tomar que le Pas de l'Abîme. Après avoir livré son chargement de charbon de Lota aux entrepôts de la Marine de la péninsule Muñoz Gamero et au ponton n° 3 de Punta Arenas, rien ne lui interdisait d'emprunter l'embouchure occidentale du détroit de Magellan, de passer entre les hauts îlots de Los Evangelistas et de doubler leur phare planté en pleine mer. Mais c'était un pilote des canaux. Il connaissait les fjords de la Patagonie occidentale comme la paume de sa main. Quand le danger guettait et qu'il était à la barre, il crachait dans ses grosses mains brunes et saisissait les poignées de la barre qu'il voyait comme des cœurs de bois palpitants entre ses doigts, et il manœuvrait avec aisance entre les icebergs du canal Wide. Mais ce Pas de l'Abîme... « Blanche ou noire, l'âme est ici », lui avait dit le blond Marabolí en portant l'index sur son vaste front dégagé par une calvitie naissante. Depuis, il se représentait le pilote comme un glaçon à l'intérieur duquel flottait une âme à la dérive. Son âme à lui, de Chilote indigène, était fruste, dure, droite, pareille à un pieu de luma. Pourtant, il redoutait l'obscurité du Pas de l'Abîme... Le rusé Marabolí, le brillant Marabolí savait tant de choses qui éblouissaient José ! Mais son sourire malicieux ne lui plaisait pas.

Melías Quilán portait le même nom que celui du cap où il vivait. Cortés Ojeda, le premier navigateur espagnol qui le doubla, le baptisa Santa Clara. Quel méli-mélo de noms espagnols et indiens dans ces parages ! Les aborigènes des siècles passés finissaient par imposer leurs noms et leur peau brune. Tant de caps, d'îles, de canaux ! D'où venaient-ils, comment s'effaçaient-ils pour réapparaître sur les cartes de navigation dressées par les générations de corsaires et de boucaniers qui avaient sillonné ces eaux ? Marabolí savait tout cela grâce à ses études de pilotin à l'École navale et à son goût des vieilles chroniques maritimes.

Le Pas de l'Abîme n'était bien localisé que sur de rares cartes. Comme si quelqu'un avait voulu éviter ce nom, l'effacer avec la gomme qui sert à rectifier les trajets tracés au crayon entre les parallèles et les parallaxes. Marabolí était meilleur historien que navigateur. Il connaissait – ou inventait – des histoires sur les passes, les anses et les fjords, qu'il racontait au capitaine et que celui-ci se répétait jusqu'à les apprendre par cœur. Quand ils se croisaient sur le pont, ils se souriaient.

Le Pas de la Mer était une voie dégagée – Sea Reach, sur les cartes anglaises –, cinquante-huit milles de navigation sur la rive nord entre le cap Tamar et le cap Felipe où s'ouvrent les canaux qui conduisent à l'archipel de la Reine-Adélaïde.

Ce cap Tamar avait-il quelque chose à voir avec « L'homme à la peau de léopard[1] » de la reine caucasienne Tamara ? Une lettre aurait-elle été effacée ? Il est bien arrivé qu'une chiure de mouche sur une vieille carte marine provoque une tragédie… En pleine tempête, Melías avait dit à son pilote :

– Si c'est une île on est sauvés, mais si c'est une mouche on est dans la merde !

Marabolí avait relevé son grand front et s'était mis à réciter :

– « Le chevalier franchit rivières et montagnes et se fraya un chemin jusqu'à la caverne. Avthandil descendit de son coursier, se dirigea vers les grands arbres, attacha son cheval et entreprit de grimper à la cime de l'un d'entre eux. Là-haut, il vit que le chevalier à la peau de léopard versait des larmes… Une donzelle vêtue d'une cape noire s'approcha de l'entrée de la caverne. On entendit un sanglot et ses larmes s'unirent à la mer… » C'est pour ça que le cap Tamar fait pleurer les marins, avait déclaré Marabolí. Sa pointe ressemble à la passe des Barbares, une vallée qui partage les derniers contreforts caucasiens de Turquie. Tous les barbares qui ont traversé l'Asie empruntaient cette vallée, et la reine Tamara fut obligée d'édifier son royaume de palais et de temples en plein cœur des montagnes, dans des galeries et des grottes. C'était une reine civilisée, mais une reine des cavernes. Sciotha Russthaveli fut le chantre de ces légendes.

C'était alors que Melías Quilán admirait son premier

1. Poème géorgien du XIIe siècle, de Sciotha Russthaveli, dont le chevalier Avthandil est le personnage principal.

pilote et qu'il oubliait ses soupçons. Pourtant, le sourire malicieux de Marabolí dissimulait un dessein secret : écrire un jour « Le chevalier à la peau de phoque », parce qu'il fallait au capitaine une peau sacrément coriace pour supporter le septième mâle blond que lui avait donné sa sainte Sofía.

Dans le vieux « Routier du détroit de Magellan », on pouvait lire cet avertissement : « C'est au Paso del Mar que l'on rencontre la première grosse mer du détroit. Tempêtes et vents violents à l'approche des goulets, surtout à l'ouest du cap Froward. Là, on trouve une mer agitée ; mais en embouquant le Paso del Mar, on se heurte à une barre qui déferle du Pacifique. Par temps calme, les eaux sont déjà houleuses. »

L'histoire du Pas de l'Abîme est aussi brève que celle qui est racontée ici. Ce n'est pas l'épopée de la reine Tamara, mais simplement l'histoire de Melías Quilán, « chevalier à la peau de phoque » et aux cornes de bœuf, et de son septième enfant mâle. Cela et rien d'autre. Nul ne choisit ses parents et ses parrains.

L'œil aux aguets pendant son quart de nuit, le pilote Marabolí cherche l'entrée du Pas de l'Abîme, tandis que le capitaine dort ou rêvasse dans sa cabine.

Hautes murailles des Andes aux pics qui chutent abruptement. Plus hautes que celles du Caucase où fut enchaîné Prométhée pour avoir tenté de voler le feu aux dieux. Des mousses et des lichens couvrent la roche jusqu'au niveau des plus hautes marées. Puis ce sont des algues où s'accrochent les ongles des noyés. Carcasses de bateaux échoués. Blancheur des neiges éternelles miroitant sur des crêtes lugubres. Précipices…

« Ma conscience n'est pas moins sombre que ce Pas de l'Abîme », songeait le pilote.

Des falaises noires les emprisonnaient. « Un pilote ne doit jamais se trahir et moins encore trahir son capitaine absent ou endormi. » Mais un jour, c'était sûr, il lui raconterait tout ce qu'il savait, tout ce qui l'intriguait et troublait sa conscience.

Carlos Calouret, infirmier à bord du charbonnier de la Compagnie Lota-Schwager de Coronel, un cargo de plus de deux mille tonnes, était tombé dans l'écoutille de la cale n° 2, se brisant trois côtes. On le retrouva au fond des entrailles du bateau, où il n'y avait ni charbon ni lest, avec une vilaine blessure au pariétal gauche. Pleine lune, et le misérable Calouret rouge de honte.

Le temps changea brusquement. On le couvrit d'une bâche qui avait autrefois servi de voile sur une goélette bananière. « On dirait un sac de patates ! » s'esclaffa un homme en apercevant l'infirmier qu'on relevait. Un autre, plus insolent, lança : « Il aura droit aux honneurs pour son enterrement ? On dirait qu'il sourit. » « Comment il pourrait sourire s'il perd son sang ? Son sablier est vide ? » « Non, mais le sablier rouge des feux de position est resté allumé dans la chute et il s'est baladé de bâbord à tribord ! »

Maraboli ne put se contenir et leur lança :

– Je vous ai déjà dit qu'à bord il vaut mieux un coup de pied au cul qu'une insulte !

Enfin, le capitaine Melías Quilán mit les points sur les i :

– Quand un capitaine commande, le marin obéit. – et il ordonna : Changement de route. Direction cap Quilán !

Le blessé avait été débarqué et confié aux soins de Sofía et de son fils aîné qui connaissait la médecine des plantes grâce au vieux Cachipilco, un sorcier redouté, capable de guérir les maux comme de les provoquer.

Durant de longs mois Sofía et le sorcier firent et défirent les bandages de l'infirmier blessé, qui dissimulait sa trouble humiliation sous les sourires et les remerciements. Guéri, il s'en alla, car il n'avait ni foyer ni bateau qui l'attendaient ; il abandonna ses ancêtres pirates français. Rien ne le liait au cap Quilán.

Melías Quilán accueillit avec joie la naissance de son dernier rejeton. Cet enfant fut baptisé Carlos.

– Angostura Inglesa ! Tout le monde sur le pont ! Winchs, cabestans, ancres, prêts pour un mouillage d'urgence !

« Si un bateau vient du nord et l'autre du sud, un seul doit passer. Si les deux passent en même temps, l'un fera naufrage », prévenaient les instructions nautiques.

Les étais frôlèrent les branches des arbres. Au débouché de l'Angostura, Marabolí se trompa : au lieu de mettre cap au sud il continua vers le nord, malgré la pleine lune. Il fallut rebrousser chemin. On ne pouvait avoir confiance en lui. Oui, c'est vraiment en mer qu'on connaît un homme !

Une fois de plus il avait confondu le canal Wide avec le canal Eyre. Cette région montagneuse entre le Chili et l'Argentine est une vaste étendue de glace. Marabolí grinça des dents. Il déplia la carte terrestre et vit de petites spirales noires au centre du Ventisquero de Hielo Sur, et Cerro Murallon, 3 600 mètres d'altitude, face au canal Wide. Y aurait-il un autre Pas de l'Abîme enfoui sous les glaces qui recouvraient jadis la Patagonie ? Par tous les diables !

Mais ni Dieu ni Diable ne comprennent ces labyrinthes d'îles, de canaux, de détroits qui relient le Pacifique à l'Atlantique. En mer, sous la glace ou au fond des abîmes, leurs lois ne conviennent pas aux hommes qui règlent parfois leurs différends sur le pont, font des calculs et proposent des accords.

– Tête froide et pieds chauds ! lui lança le capitaine Melías en refermant la porte de sa cabine où il allait faire un somme.

Mais le pédant ex-pilotin se trompait encore. Le capitaine ne dormait pas. Il rêvait, rêvait de retrouver sa femme et son petit Carlos, et l'allure lente de son bateau allumait l'angoisse dans son sang.

Quatre heures du matin, tintements de cloche pour le changement de quart du pilote et du timonier. Nageant dans une mer de glaçons, le capitaine Melías donnait des coups de nageoire à une femelle blonde qui tournait vers le ciel, pour la cacher, la partie sombre de sa face.

Ce n'est pas Marabolí qu'il vit à la barre, mais le troisième pilote qui manœuvrait le bateau au débouché du Pas de l'Abîme. Derrière, loin derrière, on entendit des craquements de glaces, et le cri amoureux des ibis retentit dans la lumière du matin.

UNE NUIT DANS LA GRANDE ILE

Il était grand, mince et arpentait le pont d'un pas souple, légèrement cadencé, qui semblait épouser les ondulations de la houle de la mer de Skyring. C'était don Tomás, patron du cotre *Orion*, que ses amis et ses hommes d'équipage appelaient simplement Tom.

Les géographes ont baptisé mer de Skyring cette langue d'eau qui s'enfonce en serpentant à l'intérieur des terres selon une direction approximative nord-ouest sud-est. Sa largeur varie entre quatre cents et deux mille mètres. Ses rives sont peu élevées, parsemées de petites plages et entrecoupées de ravins et de collines en pente douce.

Le patron de l'*Orion* mouilla dans une crique de la Grande Ile, à l'est de la mer de Skyring, avec cette assurance de marin indifférent aux violentes rafales de vent – *williwaw* pour les Indiens Alakaluf – qui s'abattent brusquement des grands glaciers et peuvent faire chavirer une goélette phoquière malgré son vaste pont et sa contrequille en fer.

Le capitaine Tom et moi ramions dans le canot vers le

petit port que les chasseurs appelaient Fitz-Roy et où il était aujourd'hui le seul à jeter l'ancre, pendant que d'autres affrontaient le mauvais temps, voilure à la bouline.

Nous nous rendions à la cabane du berger qui gardait pour lui quatre cents brebis ; les herbages étaient devenus trop rares pour nourrir le troupeau, surtout après la mise bas.

Les glaçons de juin heurtaient déjà le rivage de l'île, semblable à un étroit navire à la proue relevée, couvert de hêtres nains, de salsepareille et de graminées de *coirón* qui résistent à la couche de glace hivernale.

Tom fut tout étonné de retrouver sa cabane au toit de tôle en piètre état, comme si un williwaw avait voulu la démanteler pour l'emporter. Il leva les yeux vers un cyprès aux feuilles d'un rouge flamboyant, courbé vraisemblablement par les violentes rafales. Nous regardâmes par les interstices et constatâmes que le berger Gallardo avait abandonné les lieux, sans doute attiré par quelque chant de sirène.

D'une poussée nous ouvrîmes la porte qui grinça sinistrement sur un seul gond. Une table rudimentaire occupait le centre de la pièce, ct sur une étagère d'angle était posée une pierre blanche de micaschiste d'environ trois livres, dont la forme rappelait celle d'un canard vapeur.

Sous la pierre érodée par la pluie et le vent se trouvaient des pages manuscrites d'un cahier d'écolier saupoudrées de paillettes de mica, telles d'étranges écailles de poisson.

– Essaie de lire, me demanda le patron.

Je me mis à déchiffrer lentement cette écriture en pattes de mouche.

« Ce matin j'ai vu pour la première fois l'embryon d'un homme. Il n'avait pas plus de vingt jours et c'était mon fils.

« Quand on me l'a apporté dans une cuvette émaillée qui avait la forme d'un rein coupé en deux, j'ai pensé à une fleur de chardon posée sur des caillots de sang. Mais il y avait autre chose, comme une particule de lumière figée, ou encore cette imperceptible ondulation laissée dans l'air par un projectile que l'on vient de tirer.

« La matrone a entrouvert cette fleur de ses doigts et m'a montré un point foncé, semblable à une de ces minuscules graines que transporte l'aigrette entre ses griffes.

« – Voilà, m'a-t-elle dit. – Voilà quoi ? – Votre fils… ou ce qui allait être votre fils. – Et le reste ? – Ce n'est rien !

« Elle a reposé la fleur de chardon sur les caillots de sang.

« Rien ? La dernière fois que j'avais entendu prononcer ce mot, c'était au cours d'une pêche aux araignées de mer dans le détroit de Magellan. Les filets avaient recueilli un œuf de raie camouflé dans un débris d'algue, telle une vieille semelle de chaussure de noyé errant dans les profondeurs.

« Le patron du cotre l'avait ouvert d'un coup de lame et nous avait désigné du doigt un petit ver violet qui gigotait au cœur d'une gangue de gélatine transparente.

« – Voilà, nous avait-il dit.

« – Voilà quoi ?

« – La raie… ou ce qui allait être une raie.

« – Et le reste ?

« – Ce n'est rien ! avait-il répondu, rejetant l'algue morte parmi les crustacés qui remuaient sur le pont comme de grandes fleurs rouges hérissées d'épines.

« Mais ce matin-là, il ne s'agissait pas d'un œuf de raie, ce grand poisson sans cerveau, remonté des poubelles de l'océan. Il s'agissait d'un homme, de l'embryon d'un homme arraché aux entrailles d'une femme aimée, une Indienne Yamana qui a payé de sa vie la révélation de la délicate fleur de chardon, et qui repose maintenant sur la table mortuaire, dans ma cabane.

« Qu'est-ce que j'ai donc tant aimé dans ce corps d'Indienne que je commence à éviter avec un respect douteux, à contourner de ce pas méfiant du puma qui trouve une proie morte ?

« Cette nuit, dans l'île, il n'y a pas de matrone pour entrouvrir de ses doigts lumineux les pétales de l'ombre, ni de patron de cotre qui, après avoir planté son couteau dans le cœur du mystère, réponde : “Ce n'est rien !”

« Il n'y a que mes chiens qui aboient au bord de la mer de Skyring.

« Certaines nuits, les chiens s'affolent et aboient après quelque animal qui disparaît à l'aube. L'autre nuit, on aurait dit qu'ils tiraient par le museau un cheval noir sur la falaise ; quand je suis sorti pour les calmer je les ai vus harceler une ombre dans les buissons.

« Demain j'irai en canot à la scierie de Palomares ou de Río Verde et j'achèterai des planches de cyprès pour faire un cercueil, comme je l'ai promis. On dit que ce bois ne pourrit pas dans la terre, qu'il renaît, même, et que ses jeunes branches percent les glaces millénaires.

« J'étendrai son corps sur la peau du puma que nous avons chassé ensemble. Une très belle et jeune peau. C'était un puma énorme qui avait traversé l'an dernier la mer de Skyring à la nage et qui nous avait tué sept brebis. Ce n'est pas une ombre que mes chiens harcèlent cette nuit au bord de la mer ; ce sont deux rais de lumière qui tracent sur les eaux calmes du canal le profil hésitant d'une nouvelle lune et la face ronde et rousse de Jupiter. Aujourd'hui il y a conjonction de cette planète avec le soleil et la terre. C'est la fin du mois de juin. »

Le lendemain, nous repartîmes vers le canal Fitz-Roy. Nous ne dîmes pas un mot aux deux hommes d'équipage de l'*Orion*. Cette nuit-là, le patron Tom, au lieu de consulter sa boussole, regarda le ciel, et nous passâmes notre temps à observer la rouge Bételgeuse au nord et la verte espérance de Rigel au sud. D'après les savants, celle-ci est apparue en même temps que l'homme sur terre.

LE JE-SAIS-TOUT

Je-sais-tout était un bavard qui prétendait tout savoir à l'égal d'un *yekamush*, un sorcier des tribus d'Indiens Yamana qui peuplèrent les archipels du cap Horn pendant deux mille ans. Sa légende est encore vivace.

A l'issue d'une de ces *kinas* où les candidats au titre de yekamush sont soumis à des épreuves, le dénommé Je-sais-tout se révéla d'une étonnante précocité en découvrant les lueurs de la nébuleuse de Magellan bien avant que le grand navigateur portugais s'engageât dans le détroit qui porte son nom.

Je-sais-tout affirmait y être allé en rêve. Ce n'était qu'une île blanche en plein ciel, prétendait-il, un nuage nacré où vivaient heureux nombre de gens, en particulier ceux qui étaient partis au-delà de l'*Onashaga*, la passe des Onas, ainsi que les Yamana appelaient ce qui est aujourd'hui le canal de Beagle. Je-sais-tout étirait sa nuque comme un manchot vers la voûte céleste et l'inclinait avec révérence vers l'*Ushcuf*, le faux cap Horn.

Il avait appris à reconnaître les deux Croix du Sud, la

fausse et la vraie, entre lesquelles on aperçoit à l'œil nu la Grande Nébuleuse. En regardant à travers un œil ovale de bernicle, il pouvait prédire les tempêtes et deviner les maux du corps et de l'âme de ceux qui sollicitaient son aide, et cela d'autant mieux qu'il s'entretenait régulièrement avec les esprits des ancêtres qui peuplaient l'« île blanche en plein ciel », où régnaient amour et chaleur.

Il détectait l'arrivée des vents, hauts et rasants, ainsi que les eaux où la pêche serait bonne, car la vie des siens dépendait de ce que la mer leur donnait.

Un beau jour, un groupe de Yamana prirent le chemin de l'île tant vantée par Je-sais-tout, qui avait assuré qu'on y trouvait des colonies entières de phoques, et donc viande et graisse en abondance. Il avait appris aux hommes à distinguer le manchot royal du phoque à fourrure, qui faisaient tous deux des grands bonds hors de l'eau, et leur avait conseillé, s'ils voulaient vivre centenaires, de s'enduire le corps de graisse.

Ainsi partirent-ils à bord d'une flottille de canots et naviguèrent-ils dans ce dédale de canaux et de passes où se trouve le faux cap Horn.

Dans l'une des embarcations se trouvait *Tuwuch*, le héron gris – que les scientifiques, dont la pédanterie n'a parfois d'égale que celle de Je-sais-tout, désignent sous le nom de *Nyticoras obscurus*.

Moins crédules, les jeunes filles se moquaient ouvertement des forfanteries de Je-sais-tout et de ses prétendus séjours dans l'île blanche en plein ciel. La plus virulente s'appelait Olamana, nom qui est aussi celui de la colombe blanche du cap Horn. Mais au fond de son cœur, elle désirait que Je-sais-tout se montrât aussi audacieux, courageux, habile et sage qu'il prétendait l'être.

Je-sais-tout feignait d'ignorer ces moqueries.

– Olamana, Olamana ! criait-il en dansant.

– Ushcuf... Ushcuf ! proférait la jeune Yamana qui ourlait ses lèvres et soufflait en direction du faux cap Horn.

– Olamala... *mala ola* [1], répondait Je-sais-tout, faisant allusion aux marées rouges de crevettes qui parfois apportent la mort en empoisonnant les coquillages sacrés réservés aux cérémonies.

Ambitieux fanfaron, Je-sais-tout devint bientôt odieux aux yeux de ses frères. Il voulait tout commander, les astres, les eaux et surtout la flottille de canots. Beaucoup le surprirent se parlant à lui-même : « Je suis le plus courageux », déclamait-il. Exaspérés par tant d'orgueil, ils décidèrent dans le plus grand secret de lui tendre un piège.

Mais il y avait peu de braves et beaucoup de lâches qui redoutaient ses mauvais tours.

– On ne lui fera pas de mal, ce sera juste une farce.

Un jour, donc, des hommes lui dirent :

– Tu vois ce rocher ? C'est le plus haut et le plus pointu de cette île. Dessus, il y a un immense phoque ; toi seul peux le harponner, parce que tu es rapide et fort.

Ces paroles flattèrent sa vanité. Il empoigna son harpon et le lança sur la pointe montagneuse. Puis il partit à sa recherche, abandonnant sa hutte ronde tendue de peaux de phoque.

1. Mauvaise vague.

Dès qu'il fut assez loin, les gens rassemblèrent leurs affaires, les chargèrent sur les canots et éteignirent les feux. Ils emportèrent aussi les affaires du fanfaron qu'ils déposèrent dans le canot de sa femme. Elle l'aimait encore, mais elle n'hésita pas à rassembler tout ce qui leur appartenait, même une grande étoile de mer à cinq branches percée au centre par la pointe du harpon.

Dans l'île, ils ne laissèrent rien. En s'éloignant ils se disaient : « Celui qui reste ici devra y rester pour toujours. »

A la tombée du jour, Je-sais-tout revint au campement et s'effraya de constater qu'il n'y avait plus rien ni personne. Canots, fourrures, feu, bois, jusqu'à ses propres armes et ses outils, tout avait disparu. Très triste, il s'assit au fond de sa hutte où il n'y avait plus de feu. Il souffrit du froid et il eut faim; il éprouva un besoin impérieux de manger et une étrange angoisse d'avoir été abandonné par sa femme. Jamais il n'avait autant ressenti le besoin de sa compagnie. Il pensa longtemps à Olamala, à ses crachats lancés vers l'Ushcuf... Et il vit le ciel comme un grand glaçon vide et blanc.

La tribu avait regagné son ancien campement et tous demeuraient plongés dans un profond silence.

Le père de Je-sais-tout, qui n'était pas parti, se rendit compte de l'absence de son fils. Nul n'osait lui dire ce qui était arrivé, pas même sa bru qui s'était installée dans la hutte de ses propres parents.

Le vieux était seul avec son petit-fils. Après être resté longtemps sans nouvelles de son fils, il dit un jour à l'enfant :

– Mon pauvre petit ! Ton père n'est pas rentré et beaucoup de temps a passé. Va, tourne autour des huttes sans te faire voir et écoute attentivement ce qu'ils disent. Tu apprendras peut-être quelque chose. Il est possible qu'ils l'aient tué ou qu'un malheur soit arrivé. Qui peut savoir ? Mais prends garde à ne pas te faire remarquer. Attends l'obscurité et allonge-toi comme si tu dormais. Ne regarde pas, contente-toi d'écouter. Le lendemain, reviens et raconte-moi bien tout ce que tu auras appris. Mais surtout, sois très prudent !

– Bien, répondit le petit-fils, je serai prudent et je ferai ce que tu as dit.

Il se rendit à la hutte des parents de sa mère. Ceux-ci n'aimaient pas son père. Il s'assit devant le feu et joua avec les cendres, tandis que les belles-sœurs de son père partaient en mer au coucher du soleil. Elles voulaient chasser et pêcher dans l'obscurité. C'étaient d'excellentes chasseuses de manchots et de cormorans qu'elles aveuglaient à la lueur des torches. Attirées par la lumière, les crevettes remontaient elles aussi à la surface des eaux.

Les chasseuses regagnèrent très tard leur hutte. Caché sous les fourrures, le petit était invisible. Engourdies et grelottantes, elles s'accroupirent devant le feu. L'une d'elles parla :

– Quel froid ! On sent à peine le feu !

– Moi aussi j'ai très froid, dit une autre. Mais il y en un qui doit avoir encore plus froid ce soir, c'est ce vaniteux de Je-sais-tout qu'on a laissé dans l'île ! Sans feu !... Il doit être transformé en glaçon !

Une autre femme parla à son tour en regardant une mâchoire de phoque qui comptait cinq molaires éclatantes de blancheur :

– Il a ce qu'il mérite, ça lui apprendra à toujours vouloir être le premier. Lui qui se croyait si malin et qui voulait nous faire croire qu'il était allé dans son île blanche en plein ciel ! Ce n'est qu'un stupide prétentieux et il n'y a pas de place pour lui, ni dans ce monde ni dans l'autre !

L'enfant caché ne perdait pas une miette de ce qui se disait. En écoutant ses tantes, il lui sembla qu'il avait lui aussi vogué en compagnie de son père dans un immense canot vers le grand nuage du ciel et qu'ils étaient redescendus jusqu'aux îles de l'Ushcuf le long d'une interminable lanière en peau de phoque.

Le lendemain matin, les tantes s'étonnèrent de voir l'enfant ensommeillé émerger des fourrures en se frottant les yeux. Elles comprirent qu'il avait dormi dans la hutte. Il s'assit dehors, à l'entrée. Son grand-père le guettait à l'autre bout du campement et feignit de l'appeler comme s'il l'avait perdu.

– Où étais-tu passé, petit ? Tu sais que tu es devant la cabane de tes tantes ? Viens vite par ici que je te cherche les poux sur la tête. Tu en as toujours des quantités, on dirait que tu les attires… Allez, viens vite, j'irai les chercher sous ta tête s'il le faut…

Les fantômes de la nuit de l'Ushcuf, ainsi que les parasites, ne résistent pas à la lumière du soleil austral. Obéissant, l'enfant se leva et rejoignit la hutte de son grand-père, qui se pencha sur la chevelure prétendument pouilleuse de son petit-fils afin que celui-ci lui parlât à l'oreille. L'enfant lui rapporta les propos de ses tantes : son père avait été abandonné, sans nourriture et sans feu. Le grand-père comprit.

Rapidement, il fabriqua un canot dans des écorces de hêtre. Quand il eut terminé, il le remplit de bois, prit une branche qu'il alluma et dit aux siens :

– Je vais à l'Ile Perpétuelle, celle qui jamais ne disparaît. Si je m'y trouve bien, j'y resterai jusqu'à la fin de mes jours.

Les autres s'exclamèrent :

– Quelle idée folle ! Qu'est-ce qu'il veut faire dans cette île ! Quelqu'un lui aurait-il dit qu'on y a abandonné son fils ?

Le vieux écouta la rumeur de la mer, rassembla des vivres et partit.

Je-sais-tout ignorait ce qu'étaient devenus les gens de sa tribu. Poussé par la faim, il entreprit d'apprivoiser des oiseaux, dont les cris attiraient leurs semblables qu'il tuait ; ainsi obtint-il de la graisse et de la viande pour apaiser son appétit vorace.

Le canot du vieux accosta l'île. Il mit pied à terre sans crainte. Il en profita même pour se baigner à mi-taille et reprendre des forces. « Où peut bien être mon fils dans cette grande île ? se demanda-t-il. Mort de faim ? Tombé dans un gouffre ? »

Soudain, il repéra des fientes d'oiseaux sur le sol, et en flairant un morceau de bois blanchi il distingua une espèce de visage qui le regardait. C'était du guano de manchot. Les manchots s'amusent parfois à glisser à plat ventre sur la neige, laissant leurs excréments derrière eux.

« Mon fils a peut-être domestiqué des petits oiseaux un peu toqués comme lui. » Il se mit à examiner ces restes. Ils étaient gelés. Il reprit sa marche et trouva d'autres fientes d'oiseaux, tièdes cette fois : des traces fraîches. A mesure qu'il en trouvait d'autres, il jouait, tel un enfant, au « froid et chaud ». Subitement plein d'espoir, il pensa : « Mon fils doit être tout près. »

« Chaud, chaud », répétait-il avec jubilation… Et bientôt il découvrit des excréments mous et spongieux qui ressemblaient à ces champignons comestibles qui poussent sur les branches des robles. Il pensa à ces arbres rabougris par les vents polaires qui enfouissent leurs racines dans les fentes rocheuses remplies de guano, et qui revivent. « Mon fils doit être ici, tout près d'ici. » Il avait l'impression que les battements de son cœur de père sortaient de la bouche du dieu de l'air invisible.

Enfin il entendit des ronflements sonores. Ce n'étaient pas ceux de la mer dans les grottes. Fou de joie, il s'écria :

– Mon fils ! Mon fils !

C'était lui, en effet, endormi. Il le secoua pour le réveiller. Je-sais-tout eut peur. C'était peut-être un lion de mer ou, plus dangereux encore et sournois, un léopard… D'un bond il se releva en position d'attaque, prêt à repousser le visiteur importun.

– C'est moi ! Ton père ! N'aie pas peur !

Ils s'étreignirent, bouleversés, et tous deux levèrent les yeux vers le ciel infini où un chapelet d'oiseaux blancs semblait descendre vers eux comme une longue lanière de peaux de phoque.

TERESA TEKENIKA

La baie Tekenika se trouve entre les péninsules Pasteur et Hardy, au sud du canal de Beagle. Si l'on s'enfonce une vingtaine de milles vers l'ouest entre les deux pointes, on découvre une plage solitaire où viennent mourir de gigantesques glaciers. On aperçoit au fond du fjord une montagne hérissée de pics acérés qui forment une couronne – c'est d'ailleurs le nom qu'elle porte sur les cartes anglaises : The Crown, 918 mètres d'altitude.

Au pied, s'étendent des bancs de sable où vient se reposer cette « espèce de phoque chilien » que le dictionnaire Larousse Universel appelle éléphant de mer et que les scientifiques nomment *Mirounga leonina*, comme s'il s'agissait d'un grand lion qui regarde partout ; pour les Yamana du cap Horn, c'est Auquehuáuhuen. Les mâles peuvent atteindre cinq mètres, les femelles près de quatre, et leur peau est plus dure et plus épaisse que celle de leurs congénères. Chassés en Antarctique un siècle avant les baleines, leur graisse abondante fournissait aux anciennes lampes une huile très éclairante. Des tribus Yamana ont longtemps habité cette baie.

Dans une hutte à l'écart vivait jadis Tekenika avec ses parents et ses deux frères. Ceux-ci décidèrent un jour qu'il était temps qu'elle connaisse les parages solitaires où sa mère Antuonik lui avait donné le jour.

Ce fut là que grandit Tekenika et qu'elle devint une grande pêcheuse de coquillages, ainsi qu'une nageuse éprouvée. Outre son endurance exceptionnelle, la jeune fille possédait une magnifique chevelure noire, couleur d'aile d'albatros milimoque ; elle avait un visage au teint brun mais lumineux, où son petit nez retroussé semblait flairer l'arrivée des éléphants de mer qui se gavaient de poissons et de crabes dans les bancs de sargasses. Ses yeux offraient le brillant des petites gousses gonflées d'air grâce auxquelles ces algues immenses serpentent inlassablement au fil de l'eau.

Accroupie sur un sombre rocher de basalte veiné de quartz blanc, Tekenika pêchait des robalos à l'aide d'un mince fil de jonc habilement tressé de ses mains. Soudain, surgit en s'ébrouant d'entre les algues la trogne luisante d'Auquehuáuhuen.

Les éléphants de mer plongent à de grandes profondeurs. Les cachalots, qui descendent pourtant aussi bas, sont incapables d'y retenir longtemps leur souffle. Le mugissement de l'animal effraya la jeune fille.

Les jours suivants on la vit revenir chargée d'escargots de mer à la coquille rosée, nacrée à l'intérieur, dont elle adorait la chair délicieuse. Elle en faisait des colliers qu'elle suspendait aux arceaux de sa hutte afin que le soleil les nettoie.

Les nuits de grand vent, ces colliers d'escargots se transformaient en sonnailles que Tekenika écoutait comme la musique du vent venu de l'Ushcuf, ainsi que les Yamana appelaient le faux cap Horn, dont la pointe rocheuse évoque une corne de rhinocéros englouti, et où se déchaînent les pires tempêtes du sud-ouest, à l'extrémité de la péninsule Hardy. Plus impressionnant que le véritable cap Horn, ce promontoire trompait jadis les voiliers qui naviguaient du Pacifique à l'Atlantique. Les Yamana eux-mêmes maudissaient ce lieu et hurlaient son nom dans le vent : Uuush...cuuuuuf !...

Antuonik et Tanianik, la mère et le père de Tekenika, endormis sous leurs peaux de loutre et de phoque, entendirent une nuit des murmures gutturaux monter de la couche de leur fille.

– On dirait qu'elle rêve de quelqu'un qu'elle part retrouver le matin à la pêche ! dit Antuonik.

Le frère aîné, Kontelele, et Yamanix, le cadet, entendaient eux aussi les murmures nocturnes de Tekenika : « A...que... huahuen... Ushcuf ! Auquehuáuhuen... Auquehuáuhuen... viens...viens », et ils prétendaient avoir même entendu d'étranges rires quand des blocs de glace se détachaient des glaciers et s'écroulaient dans les eaux dormantes.

Leur mission était de protéger leur sœur. Chaque fois qu'on lui demandait pourquoi elle ne se mariait pas, Tekenika répondait sur un ton moqueur :

– Je n'y peux rien, si dans ces parages les chats de mer – les loutres – ne chassent pas les souris !

Solitaire, elle tissait des paniers de jonc, qu'elle remplissait de berniques, d'escargots bleus, de *chitones*, ces petits coquillages articulés qui lui servaient à attacher ses cheveux quand elle plongeait. A cette époque, les hommes armés de longs harpons en os de baleine étaient d'habiles chasseurs de dauphins, et leurs femmes plongeaient très profond pour ramasser des coquillages au moment où la marée s'immobilise, l'espace d'une courte demi-heure.

On épiait Tekenika. On la découvrait debout sur les rochers, fixant les eaux limpides ou l'échine brisée des glaciers traversés de fugaces arcs-en-ciel.

Les Yamana redoutaient leur dieu Wollapatuch dont chaque pas sur les glaciers déclenchait des éclairs. « Assassin ! » hurlaient-ils quand une violente rafale de vent faisait chavirer les canoës, noyant hommes, femmes et enfants. C'était pourtant ce même Wollapatuch qui avait ordonné des milliers d'années plus tôt que les Yamana descendent du ciel le long de lanières en peau de phoques… Ils croyaient également en deux soleils : Lem, qui brûlait tout sur terre, et Tarwalem, qui montait au ciel pour faire revivre tout ce que Lem avait détruit.

Tekenika rêvait de s'envoler loin de ce monde trop petit, tels les albatros Kayelij, Tachúlu et Milimoque, qu'elle voyait survoler les glaciers. Avec ses ailes blanches de quatre mètres d'envergure, Kayelij vient du Pacifique ; le noir Tachúlu se rencontre à Chiloé, où on l'appelle « oiseau-mouton » pour la forme de sa tête, ou encore « casse-tête » parce qu'il aime fendre le crâne de ses victimes pour leur sucer la cervelle (le *Procellaria gigantea* de Darwin). Si une bande d'une centaine de ces volatiles se pose sur l'eau, on entend, observe Darwin, « un bruit confus tel celui qui s'élève d'une grande foule d'hommes à une certaine distance ». En revanche, Milimoque, qui vient des îles Malouines, n'émet aucun de ces bruits. C'est un pétrel couard qui dégage une odeur fétide. Il pleure à chaudes larmes quand rugit la tempête, et niche sur les falaises du Paso Timbales. Blotti dans un creux, ses ailes grises bordées de noir, lourdes et maladroites, il doit se dandiner comme un manchot jusqu'au bord de la mer pour pouvoir prendre son envol.

– Je suis une milimoque, soupirait Tekenika.

– Sornettes... répliquait son père.

Mais un matin qu'elle était sur un rocher et venait de lancer sa ligne terminée un hameçon lesté d'un morceau de chitón, elle ressentit soudain un frémissement dans ses doigts, preuve qu'un gros animal aquatique avait mordu. Elle manœuvra sa ligne avec toute l'habileté des gens de sa tribu, mais bientôt elle comprit qu'il n'y avait plus rien au bout de la ligne. La plupart du temps, elle remontait délicatement le poisson jusqu'à ce qu'elle pût le saisir de la main, mais celui-ci avait mangé l'appât sans mordre à l'hameçon.

Elle enragea et regarnit l'hameçon de morceaux de mollusque sur lesquels elle cracha.

Silencieusement elle laissa glisser la ligne vers les profondeurs et de nouveau un poisson mangea l'appât sans se laisser prendre. La jeune fille pensa que c'était un démon, ou un chamane aux pouvoirs déconcertants.

Voyant que tous ses efforts restaient vains, Tekenika grimpa sur un rocher de granit plus élevé, afin de guetter celui qui lui jouait ce mauvais tour. C'était une claire matinée de printemps au milieu des glaciers. Les rayons de soleil dessinaient des boucles brillantes dans les cheveux noirs de Tekenika et les faisaient chatoyer comme les bulles que libèrent les crabes quand ils agonisent sur une pierre.

Survint alors un de ces phénomènes étranges propres au pays des Yamana : un énorme phoque sortit à mi-corps hors de l'eau et battit des nageoires comme s'il applaudissait. C'était Auquehuáuhuen, un éléphant de mer de plus de trois mètres. Étonnée, la jeune Yamana lui sourit en contemplant ses évolutions au milieu des algues. Elle n'avait jamais vu un animal danser avec autant de grâce, si l'on excepte les dauphins à la saison des amours.

De ses yeux obliques de verre soufflé il regarda la pêcheuse en battant des nageoires. Puis il dressa vers elle son gros mufle luisant et lança un mugissement retentissant. Alors Tekenika descendit de son rocher, se planta devant ce dieu des eaux et tous deux se contemplèrent longuement.

Le gros phoque lui exprima ses regrets de s'être montré aussi facétieux et d'avoir amoureusement dévoré ses appâts afin qu'elle accroche d'autres friandises à l'hameçon. Très galamment il avoua à la belle pêcheuse qu'il se serait bien laissé attraper, mais qu'il avait hésité parce que alors il n'aurait pu revoir sa beauté. Il avait donc préféré attendre en flânant autour des récifs. Il lui raconta qu'à la tombée de la nuit il prenait l'apparence d'un rocher, s'endormait sur le sable fin en évoquant son image resplendissante au bord de la baie Tekenika, et qu'un sanglot heureux gonflait son cœur d'éléphant de mer.

Les yeux mi-clos, la jeune Yamana s'abandonnait aux émotions qui s'éveillaient en elle. Des sentiments confus tourbillonnaient dans son esprit primitif, mêlés aux ombres et aux reflets des grandes algues dont les ondoiements semblaient approuver l'amour qui naissait entre l'éléphant de mer et la jeune Indienne.

Lentement, elle s'approcha du dieu…

– Auquehuáuhuen… emporte-moi dans tes grands bras. A moins que tu ne préfères vivre avec moi sur la terre ferme ? Parce que moi, tu sais, dans ces profondeurs glacées où tu as grandi… quelle horreur ! Ce doit être si triste, si froid…

– Ma jeune et belle, répondit l'éléphant de mer en éternuant, comment peux-tu comparer le moelleux accueillant de mon immensité liquide à la dureté rocailleuse de ta terre ? la douceur de mes galets au tranchant de tes falaises ? Sur la terre ferme, je perds ma légèreté et ma souplesse, je me traîne comme un gros ver blessé. Dans les profondeurs, la mer est calme et l'on y jouit mieux de l'émotion éprouvée en surface devant la beauté. Tout au fond, il y a des cavernes mystérieuses où dorment les congres que j'attrape dans ma gueule ; il y a des œufs et des poissons brillants, des raies violettes qui palpitent dans leur gangue de gélatine. Tu n'as jamais vu ces raies immenses qui ressemblent à des canots ou à des albatros, plus grandes encore que Kayelij… Viens donc te promener avec moi dans mon vaste monde.

Tekenika craignit le contact de la peau humide et luisante du phoque, mais, séduite, elle se ressaisit et accepta l'aventure, à condition toutefois qu'il la porte entre ses nageoires de dieu de la mer.

– Viens sur mon dos, tu ne tomberas pas, je te l'assure. Il n'y aura rien de désagréable, de belles surprises t'attendent.

Et c'est ainsi que l'étrange couple partit vers ce que les vieux livres de navigation nommaient la passe des Timbales.

La Grande Timbale s'étend sur un mille de long et culmine à 259 mètres. Ses pointes orientale et occidentale sont basses, certains sommets ont la forme de cônes tronqués, tels ces instruments de percussion d'où la passe tire son nom. La côte nord est lisse ; celle du sud est bordée d'îlots rocheux et de bancs de sargasses. A l'est nichent les albatros milimoque qui rendent le paysage plus enchanteur encore, et c'est là que s'unissent les quatre pétales de la rose des vents qui font vibrer dans l'air d'étranges mélodies.

Teresa Tekenika et Auquehuáuhuen parcoururent sous l'eau les récifs, les îles et les chenaux, et le galant éléphant de mer revint déposer la belle sur le rivage de son pays natal, la terre des Yamana.

LE PROCÈS DU *TRAUCO*

Le ciel de Compu se déchira soudainement, comme si une main puissante avait crevé d'un coup de lame l'épaisse voûte nuageuse. Un grondement de tonnerre succéda à l'éclair et l'on entendit au loin le hennissement d'un cheval effrayé. Une pluie torrentielle s'abattit sur la toiture en planches de mélèze qui résonna comme un tambour. Puis l'averse s'apaisa et ciel et terre se réconcilièrent en un doux sanglotement qui se perdit peu à peu dans les profondeurs silencieuses de l'île.

Compu est un estuaire de sept kilomètres de long qui pénètre dans la côte orientale de la grande île de Chiloé, où sang indien et sang espagnol sont mêlés depuis plus de quatre cents ans.

– Sainte Vierge ! s'exclama l'Indienne Rosa de Maripillán.

– Priez pour nous ! répliqua machinalement son mari, Fermín.

Soudain, Carmen, leur fille adoptive, se prit le ventre à deux mains et se précipita à travers champs comme une mouette blessée.

– Qu'est-ce qui t'arrive ? parvint à dire la mère, étonnée.

– Je vais faire pipi ! s'écria la jeune fille.

Carmen avait environ treize ans. Comme elle ne revenait pas, Rosa partit à sa recherche. Peu après on l'entendit hurler.

– Fermín, Fermín, viens vite, pour l'amour du ciel !

L'homme abandonna les flammes du foyer et accourut à l'appel de sa femme qui semblait bouleversée. Le tableau qui s'offrit à ses yeux le laissa pétrifié.

L'adolescente venait d'accoucher sur un tas de paille. Pâle, le visage défait, elle gisait à demi inconsciente dans la pénombre sordide de la bergerie, parmi les crottes de mouton que les insulaires mélangent à la paille pour fumer les champs de pommes de terre.

Ses jambes ouvertes révélaient une grande plaie sanglante ; un petit corps nu vagissait, relié aux entrailles de la mère par le cordon ombilical tremblotant.

– Tu sais couper ça ? demanda la femme.

– Non !

– Je vais chercher la Lucinda, elle sait, cria Rosa qui partit en courant.

La jeune fille gémissait, grelottant de douleur et de froid. Les vagissements sourds du nouveau-né évoquaient un bruit souterrain, minéral, « le galop du *camahueto* », pensa Fermín. Le camahueto était la licorne mythique des îles, que les sorciers prétendaient capturer au lasso à l'instant où elle se jette à l'eau – afin de lui râper la corne, dont la poudre est un remède recherché contre la peur.

C'est une pincée de cette poudre qu'il fallut à Fermín

pour continuer d'affronter le spectacle qui se déroulait sous ses yeux. La créature qui venait de voir le jour dardait sur lui de petits yeux porcins pointant à travers ses paupières bouffies, et son corps couvert de poils ressemblait à celui d'un porcelet. Elle avait un petit museau animal, mais l'effroi de Fermín fut à son comble lorsqu'il découvrit, sur la nuque, une petite queue, semblable à celle du *colo*, le chat sauvage des montagnes de l'île, et enfin, six doigts à chaque main et sept à chaque pied.

Le paisible bêlement d'une brebis, que son agneau tétait en remuant la queue, rasséréna un peu Fermín dont le coeur battait à tout rompre en attendant l'arrivée de la matrone.

Lucinda Ñancul accourut, brandissant une paire de ciseaux, coupa le cordon et le noua à l'aide d'un linge propre.

– Il faut attendre le placenta, déclara-t-elle avec autorité.

Peu après, la mère et son enfant furent installés dans une pièce de la petite maison en bois. On prépara du café, non seulement pour réconforter la jeune accouchée mais toute la famille, éprouvée par le spectacle du petit monstre.

Un peu plus tard arriva Julio Gamín, qui perdit l'innocence de ses onze ans en apprenant que la Carmen avait donné le jour à un enfant *nación*, ainsi que dans les îles, on nomme ceux, humains ou animaux, qui naissent affectés de tares.

– Il va falloir expliquer tout ça au poste de Chonchi, dit Lucinda Ñancul.

Fermín regarda sa voisine avec méfiance. Il la savait mauvaise langue ; certains la disaient sorcière.

– On va d'abord voir ce qui se passe, répondit-il prudemment.

Ils passèrent la nuit à boire du café et à manger du *milcao*[1]. La mère fut la seule à dormir, épuisée par l'accouchement autant que par la faim.

A l'approche de l'aube, le nourrisson cessa de vagir. Quand ils allèrent le voir, frémissant d'horreur et de crainte, le petit monstre s'était enfin endormi – fort heureusement pour toujours.

– Maintenant, vous êtes obligés de faire une déclaration pour pouvoir l'enterrer ! lança Lucinda Ñancul triomphante.

C'est ainsi que Fermín n'eut pas d'autre choix que de seller son cheval, d'absorber une pincée de poudre de corne de camahueto et de prendre le chemin de Chonchi.

Avant de s'enfoncer dans la forêt il jeta du haut de la colline un dernier regard au paysage de Compu. Il contempla la vieille chapelle, construite sur une langue de terre basse et verdoyante, au bord de la mer, si vieille et si rongée d'humidité que les lichens du rivage se mêlaient à la mousse sylvestre grimpant sur les murs, couvrant la toiture d'un tapis végétal marbré et rampant jusqu'à la croix du clocher où les *barbas de palo*[2] cendrées flottaient dans la brise matinale comme la chevelure du temps.

1. Fougasse à base de farine de patates, farcie de rillons de porc.
2. Mousses en forme de barbe qui poussent sur l'écorce des arbres.

Alentour, par les collines et les bois, étaient semées les maisons de la petite communauté de Compu, composée d'Indiens Huilliches, de métis et de quelques individus qui se prétendaient espagnols de souche à cause de leurs noms – Barrientos, Barría, Vera, etc. –, lointains descendants des troupes de Gamboa, qui avaient débarqué à Castro sans une seule femme à bord.

C'était un lieu d'une beauté primitive. L'île, fendue par l'estuaire, s'allongeait comme un grand vaisseau dont la mâture eût pris racine dans la roche et proliféré en une forêt de voiles où se mêlaient hêtres, *petas*, myrtes, *quilineias* et de multiples plantes grimpantes pareilles à des cordages. A la pointe sud de l'île, qui se terminait en une espèce de brise-lames, on apercevait un phoque noir rampant comme un grand ver aux allures humaines, occupé à digérer son repas de poissons.

Fermín songea aux nuits de pleine lune où la petite île resplendissait, tel le *Caleuche*, le légendaire vaisseau fantôme piloté par des sorciers et que l'imagination insulaire peignait comme un splendide bateau blanc, au pont rutilant, fendant majestueusement les eaux de l'estuaire où il jetait ses ancres d'or.

Mais tandis que Fermín chevauchait lentement vers Chonchi, le caporal Vargas et le carabinier Lincomán se présentaient chez la jeune mère, poussés par le devoir et surtout par la curiosité, car déjà la rumeur s'était répandue dans l'île.

Aux voisins qui entouraient Carmen comme s'ils avaient voulu dissimuler, sous leurs corps et leurs odeurs, le foetus enveloppé dans de pauvres linges, les deux policiers demandèrent de sortir de la maison.

Le caporal Vargas, de sinistre réputation, était chargé d'appliquer les peines prononcées par le tribunal, ce qu'il faisait parfois sans attendre la conclusion du procès – et qui lui valait d'être redouté. Il entreprit l'interrogatoire de la jeune fille. Lincomán, son assistant, enregistrait les réponses de son écriture de chat, quelque peu consterné par ce qu'il entendait et voyait, mais guère surpris. Originaire du hameau, c'était un homme taciturne, habité eût-on dit par le silence, tandis que le caporal, costaud et fort en gueule, aimait cogner de ses deux mains et ne s'arrêtait que hors d'haleine et suant à grosses gouttes comme un boulanger devant son four.

– Raconte ce qui t'est arrivé ! ordonna le caporal.

– Ce que vous pouvez voir… J'ai eu très mal et c'est sorti… dit Carmen en tournant la tête.

– Dis-moi qui t'a fait ce petit monstre ! Je dois présenter un rapport, insista Vargas.

– Je ne sais pas, je ne sais pas ! répondit-elle apeurée, confuse.

Les deux policiers se regardèrent et mirent fin à l'interrogatoire. Dans l'esprit de Lincomán les paroles de Carmen faisaient écho à la légende du Trauco, ce personnage qui poursuit les jeunes filles pour abuser d'elles – croyance encore très vivace parmi les gens des îles.

Les deux hommes avaient été impressionnés.

– Que sais-tu, toi, du Trauco ? demanda Vargas à Lincomán, après avoir recraché une poignée de myrtes cueillis au passage.

– Pas grand-chose. J'ai entendu parler d'un petit

homme qui s'habille avec des quilineias ; une vieille tante m'a juré qu'elle l'avait vu. On dit qu'il abuse des fillettes et que c'est à cause de lui qu'il y a par ici beaucoup d'enfants bizarres. Mais, vous voulez que je vous dise, caporal ? Je n'y crois pas beaucoup... encore que dans ce cas... cette chose-là n'était pas très humaine...

Arrivé à Chonchi, Fermín se rendit au poste de police pour y faire sa déclaration :

« Hier, lundi 6 février, aux environs de 14 h, ma fille adoptive, Carmen Ofelia Maripillán Gamín, âgée de douze ans, après s'être plainte de fortes douleurs au ventre et être sortie de la maison pour pisser, a accouché d'un fœtus d'environ 35 centimètres de long. Ont été témoins de la scène : Rosa Gamín M., José Roberto Maripillán, Lucinda Ñancul, tous domiciliés à Terao, et Isolina Ñancul de la localité de Pilpilehue. De tout cela je témoigne afin que l'on m'autorise à enterrer le nouveau-né. »

Le chef de poste, Alfredo Lagos, décida d'ouvrir une enquête, lança ses ordres aux carabiniers et ordonna la convocation des témoins de l'affaire, ce dont il informa Fermín Maripillán, en lui faisant signer sa déclaration. Celui-ci apposa l'empreinte de son pouce sur le document, car sa main tremblait tellement qu'il ne put former une signature.

Fermín revint au village dans un état de grande confusion ; mais il ne savait pas s'il le devait à ses pensées ou aux verres de chicha – très forte à cette époque – qu'il avait bus en compagnie d'un membre de la famille

Nancul, lequel était avide de nouvelles fraîches sur le « petit monstre ».

Il raconta à sa femme et à ses enfants ce qu'il avait déclaré à la police et leur apprit qu'ils étaient tous convoqués au tribunal de Castro le vendredi 0.

Lorsque Carmen Ofelia eut retrouvé ses forces, elle avoua à sa mère qu'un homme lui avait rendu visite certains après-midi, quémandant de la nourriture ; elle le décrivit de petite taille avec des cheveux verdâtres. Dès qu'il avait mangé, il disparaissait comme une ombre. C'était arrivé plusieurs fois, mais elle n'avait jamais éprouvé de peur ou de méfiance car il n'avait rien volé.

Rosalia Gamín soupçonnait le Trauco, car sa fille était sa fille et savait se défendre ; toutefois la version de Carmen ne l'aidait guère à éclaircir les faits, aussi s'en tint-elle à la citation à comparaître que Fermín leur avait communiquée.

La police de Chonchi envoya un rapport au juge de Castro, lequel ordonna un supplément d'enquête.

Castro, 9 février 196…

Ordre aux carabiniers de Chonchi de mener l'enquête.

Perquisitionner, interroger et arrêter les personnes qui porteraient des responsabilités dans cette affaire.

Pratiquer l'autopsie du foetus envoyé à la morgue de l'hôpital local par le médecin légiste correspondant.

Réunir le tribunal à la morgue de l'hôpital afin que chacun observe le foetus et assiste à l'autopsie décrétée.

Signatures : le Juge
le Secrétaire

Le 10 février, Fermín Maripillán, sa femme, Rosalia Gamín et leur fille Carmen Ofelia se levèrent à l'aube et, vêtus de leurs meilleurs habits, partirent à Castro afin de répondre à la convocation du juge.

La première déclaration qui figure dans le dossier est celle de Fermín :

Castro, 10 février 196…

Comparaît, ce jour, Fermín Maripillán Raín, domicilié à Terao, agriculteur, marié, âgé de trente-neuf ans, ne sachant lire ni écrire, qui déclare sous serment :

« Lundi après-midi, je me trouvais chez moi en compagnie de mes enfants. Vers une heure, Ofelia del Carmen ressentit des douleurs de ventre. Aussitôt elle sortit dans la cour pour pisser. Une ou deux minutes après, nous l'entendîmes appeler mon épouse qui à ce moment-là revenait de Chonchi. Quand elle arriva devant sa fille, celle-ci lui dit : "Regarde maman, regarde ce qui m'est sorti en faisant pipi." Entendant les cris, je suis moi aussi sorti de la maison et je me suis rendu sur les lieux où j'ai pu constater qu'à côté de ma fille il y avait un foetus qui ne donnait pas signe de vie. En l'examinant, je lui ai trouvé sept doigts à chaque pied et six à chaque main, le corps couvert de poils et, sur la tête, comme un petit fouet qui descendait dans le cou. Son visage était pareil à celui d'un singe. J'ai interrogé ma fille qui s'est montrée surprise et troublée. »

Signature illisible

Déclaration de Rosalia Gamín Maripillán :

« Je revenais de Chonchi quand Ofelia a ressenti un malaise ; après quoi elle est sortie en courant pour faire ses besoins. Puis elle m'a appelée en criant. Je suis allée la voir et je l'ai trouvée allongée par terre, avec quelque chose entre les jambes ; ça ressemblait un peu à un être humain, mais ça pouvait être aussi un petit animal. Comme il s'agissait d'un phénomène, nous avons pensé qu'il valait mieux informer les autorités. »

Signature de Rosalia Gamín

Ofelia del Carmen Maripillán Raín, célibataire de douze ans, qui sait lire et écrire, a exposé les faits suivants :

« Je me souviens qu'au mois d'octobre de l'année dernière, je ne sais plus à quelle date, mais c'était le matin, je me trouvais seule à la maison, mes parents étaient allés à Chonchi pour acheter des provisions et mon frère était à l'école. Un petit homme que je n'avais jamais vu a frappé à la porte ; je l'ai fait entrer et il m'a dit qu'il venait d'Ancud et qu'il était fatigué. Comme mon repas était prêt, je lui ai donné de quoi manger. Alors, il m'a offert plein de choses et de l'argent, et il m'a montré une espèce de bourse ; il avait l'air pauvre et portait des pantalons trop courts, d'un drôle de vert. Puis, je ne sais pas comment, il est parti, je ne sais pas où, parce qu'il a disparu. Je ne sais pas quel âge il pouvait avoir, mais je me souviens de ses chaussures qui étaient très bizarres et très vieilles, on aurait dit que ce n'étaient pas des chaussures… mais avant de partir,

il m'a allongée par terre et m'a utilisée comme une femme... »

Fermín et Rosalia se regardèrent, stupéfiés par ce qu'ils venaient d'entendre de la bouche de leur fille.

Le juge ordonna une nouvelle enquête aux carabiniers de Queilen, afin de rechercher la personne que venait de décrire Carmen. Il ordonna aussi l'inhumation du foetus, considérant que l'avortement avait été naturel et non provoqué, et que le médecin légiste avait déjà procédé à l'autopsie.

Quelques jours plus tard, il enregistra la déclaration de la matrone Lucinda Ñancul et celle du fils adoptif de la famille, le dénommé José Maripillán. Ces deux déclarations n'apportèrent aucun élément nouveau.

Les carabiniers de Queilen se mirent à la recherche du petit homme, dont la description ne correspondait à personne de connu dans le canton. Ils remontèrent les rives de l'estuaire de Compu jusqu'à l'embouchure et revinrent à Queilen en bateau à moteur. Tous les habitants de l'île étaient au courant de la naissance du « monstre » et, quand les policiers leur demandaient s'ils avaient vu le « petit homme », beaucoup riaient et disaient : « Demandez donc à Fermín. »

Leur enquête achevée, les carabiniers écrivirent dans leur rapport : « L'individu soupçonné d'avoir violé ou abusé de la jeune fille est introuvable. »

A la suite de quoi, le juge convoqua de nouveau Ofelia del Carmen Maripillán qui déclara :

« Ce que je vous ai dit la dernière fois n'est pas vrai, c'est mon père qui m'a conseillé de parler du *Trauco*, parce que les gens en parlent tout le temps. Ils disent que ça peut être n'importe quel humain qui se transforme en *Trauco* et qu'on ne peut pas le repousser sinon on passe un sale quart d'heure et qu'il poursuit les filles qui n'ont pas encore été utilisées comme des femmes. Mais maintenant, il faut que je dise qu'il y a un an mon père m'accompagnait aux champs pour la récolte des patates, et quand nous avons été seuls tous les deux dans la maison de Terao, il a commencé à m'embrasser et je me suis laissé faire parce que j'aimais ça, puis il m'a caressé le cou et les seins et il m'a touchée avec les doigts. Je voulais voir ce qui allait se passer et alors il m'a utilisée comme une femme. Votre honneur, ça il l'a fait plusieurs fois pendant un an. Quand il a vu que je grossissais, il a eu très peur et m'a demandé si j'étais enceinte, mais je n'ai pas pu répondre parce que je ne savais pas. Quand le bébé est né, mon père est allé à Queilen pour le dire aux carabiniers et quand j'ai été convoquée au tribunal, il m'a dit de raconter ce que j'ai déclaré la première fois. Ces relations, je les ai eues aux champs avec mon père – ma mère ne sait rien parce qu'elle pense, comme moi avant, qu'on ne peut pas dire non au *Trauco*. Ce sont les seules relations que j'ai eues avec un homme. »

A la suite de cette déclaration, le juge ordonna que Carmen fût détenue au quartier des mineurs de la prison et convoqua de nouveau le père pour une confrontation avec sa fille.

7 avril 196…

Déclaration de Fermín Maripillán :

« Je n'ai jamais eu de relations avec ma fille adoptive Carmen Ofelia et ce qu'elle a déclaré devant Votre Honneur est absolument faux. Je ne suis pas l'auteur des faits incriminés. »

Le Juge ordonne l'isolement du présumé auteur des faits.

Ce même jour, 7 avril 196…

Ofelia del Carmen : « Je maintiens ma déclaration, mais je dois dire toute la vérité ; ce n'est pas seulement mon père qui m'a "utilisée" comme je l'ai dit au début ; avant lui, il y a eu Baudilio Aguilar, qui doit avoir seize ans ; il m'a eue de force en me coinçant dans ses bras et en soulevant mes jupes. Je n'ai eu qu'une seule fois des relations avec ce garçon, c'était l'an dernier pendant le tremblement de terre. Quand il m'a fait tomber, je n'avais pas de culotte et il n'a pas eu besoin de déchirer mes vêtements. Quelques jours après Baudilio et le tremblement de terre, mon père m'a "utilisée" aux champs, l'après-midi, pendant le ramassage du bois, mais deux fois seulement, pas cinq ou six comme j'ai dit avant. Je l'ai fait parce que je voulais bien, il ne m'a pas forcée. Mais je dois dire aussi qu'en septembre, l'année dernière, j'étais à la maison, dans la cuisine, quand est arrivé Miguel Aguilar, le frère de Baudilio, qui a l'air beaucoup plus âgé. Comme j'étais seule, il m'a attrapée, il m'a allongée de force et il s'est mis à m'utiliser. Après, il est parti et m'a conseillé de ne pas aller pleurnicher. Là non plus, je n'avais pas de culotte. »

Lors de la confrontation avec sa fille, Fermín Maripillán déclara :

« Je reconnais avoir eu des relations avec ma fille adoptive Ofelia del Carmen, ainsi qu'elle vient de le déclarer, mais deux fois seulement, aux champs, l'après-midi, après le tremblement de terre du mois de mai… Ma fille s'est donnée, c'est la fatalité qui l'a voulu. Lorsque ça s'est passé, elle n'était pas vierge, “comme Dieu l'exige”, elle avait déjà appartenu à un homme. »

Castro, 11 avril 196…

Que soit remise en liberté la mineure Ofelia del Carmen, aucune charge n'ayant été retenue contre elle. Que soit levé l'isolement du détenu Fermín Maripillán. Ordre est donné d'arrêter Baudilio et Miguel Aguilar Chacón, domiciliés à Terao.

Le Juge…
Signature.

Fermín Maripillán est inculpé de viol et d'inceste.

Le Juge.

En avril 196… l'inculpé prend pour avocat A. Perez, qui démontrera la non-culpabilité de son client.

Castro, mai 196…

Déclaration de Miguel Aguilar Chacón, âgé de vingt-trois ans :

« Je reconnais avoir eu, il y a quatre ans environ, des

relations avec la mineure O. del Carmen. Elle m'a fait entrer dans la cuisine et j'ai eu envie de la prendre charnellement, ce qu'elle a accepté avec plaisir; il n'est donc pas vrai que je l'aie eue de force comme elle l'a déclaré. C'était la première fois et ça a été la seule. A cette occasion, je me suis rendu compte qu'elle ne portait pas de culotte et qu'elle n'était pas vierge, car elle avait déjà été "utilisée" par un homme. J'ignore si mon frère Baudilio a eu des relations sexuelles avec elle. »

Signature

Déclaration de Baudilio Aguilar Chacón, né et domicilié à Terao, célibataire, âgé de seize ans, sachant lire et écrire :

« Il est totalement faux que j'aie eu des relations sexuelles avec Ofelia del Carmen, elle ment effrontément! Jamais je n'ai pensé commettre ce délit. Une fois, j'ai vu de mes yeux son parâtre qui pratiquait l'acte charnel dans sa cuisine, alors que j'allais le voir au sujet de la rigole d'un moulin, qu'il fallait boucher. »

Signature

7 juin 196…

De la confrontation des deux frères avec Ofelia del Carmen il ressort qu'ils ont eu tous deux des relations sexuelles avec la mineure. L'âge de l'aîné n'a pu être clairement établi; quant au second, il est arrêté que :

Ayant interrogé le mineur Baudilio Aguilar Chacón,

et, vu les antécédents, j'estime qu'il ne porte pas une responsabilité suffisante dans l'accomplissement du délit à l'encontre de la mineure Ofelia del Carmen, pour passer en jugement.

D. Domingo Yurac,
Juge responsable du dossier.

10 juillet 196...

Comparution de D. David Raín Raín, de Terao, trente-six ans, marié, qui a déclaré :

« Je connais Fermín G. Maripillán et son épouse depuis vingt ans ; je sais que le couple n'a jamais eu d'enfant, raison pour laquelle ils ont adopté, encore bébé, Ofelia del Carmen, il y a plus de douze ans. J'ai connu la mère de celle-ci, Candelaria Lenquen, qui, étant très malade, a donné sa fille au couple Maripillán afin qu'ils s'en s'occupent. J'affirme que cette enfant n'est pas leur fille légitime. »

Signature

10 juillet 196...

Comparution de Federico Nehuelpichún Legué, âgé de quarante-cinq ans, sachant lire et écrire, qui a déclaré :

« Je connais depuis l'enfance Fermín Maripillán et son épouse et je suis sûr qu'ils n'ont jamais eu d'enfant, c'est pourquoi ils ont adopté, bébé, Ofelia del Carmen, dont je connaissais la véritable mère, laquelle étant très malade avait confié sa fille au couple avant de mourir. Il est donc certain que ce n'est pas leur fille légitime. »

Signature

Castro (date illisible)

J'ai examiné doña Rosalia Gamín Maripillán, selon les instructions du tribunal, et j'ai constaté :

1) Elle ne porte nulle trace ou séquelle d'un accouchement. 2) L'âge moyen de fécondation se situe entre treize et quarante-cinq ans.

Salutations distinguées
Dr. A Barrientos, médecin légiste.

Extrait de la sentence prononcée dans l'affaire intitulée « Inceste et viol de Carmen Maripillán G. », dont l'avocat fut D. A. Perez B.

« *Que l'inceste est l'accouplement volontaire entre personnes ayant des liens de parenté, et que tombe sous le coup de la loi autant l'homme que la femme qui commet ce délit, lequel est sanctionné quels que soient l'âge, l'état ou la condition de la femme avec laquelle on s'accouple.*

« *Que dans ce type de délit, et conformément à la définition établie ci-dessus, les seuls éléments fondamentaux sont : le coït et le lien de parenté.*

« *Qu'est absous l'accusé Fermín Maripillán – sans surnom, ne sachant ni lire ni écrire et n'ayant jamais été jugé – du délit d'inceste à l'encontre de la mineure mentionnée, ledit délit ne correspondant pas, en ce qui le concerne, à la définition légale.*

Juge D. Yurac S.

Ce même mois de juillet 196..., la cour d'appel de Valdivia approuva la sentence.

Deux femmes accroupies étaient en train de bavarder en regardant l'église qui leur faisait penser au *Barcoiche*, le nom huilliche du légendaire *Caleuche*.

Un éclair déchira la sombre voûte nuageuse.

– C'est vrai tout ça ?

– Eh oui... le procès du *Trauco !* répondit Lucinda Ñancul en contemplant un nuage qui, tel le vaisseau fantôme, voguait comme une ombre verte à l'horizon.

PEDRO SOLDADO

Grande, maigre, le visage doux et les yeux d'un vert liquide, Susana faisait penser à une momie des premiers habitants qui longèrent le détroit de Magellan il y a quelque dix mille ans et qui vécurent à l'abri de la grotte du Mylodon.

– J'aimerais celui-là… celui-là… et l'autre là aussi, dit l'enfant que sa mère tenait par la main, en montrant du doigt l'intérieur d'une vitrine de la rue Roca, à Punta Arenas.

Une sinistre pénombre violacée nimbait le crépuscule de cette journée splendide, dont le froid vif glaçait êtres et choses d'une patine de désarroi qui ronge l'âme et gâche la vie.

Au coin de la rue O'Higgins, près du port, les journaliers abandonnaient les quais noyés dans une brume épaisse ancrée derrière le bâtiment en tôle ondulée de la douane, sur lequel pesaient de grandes ombres spectrales. On voyait des hommes émerger de montagnes de balles de laine prêtes à l'embarquement, ainsi que des soutes de bateaux qui étalaient leurs grosses panses entre le quai Loreto et celui de la compagnie maritime Braun et Blanchard. Ils fumaient et exhalaient la sueur d'une rude journée de travail. Les dockers avaient les épaules couvertes d'un carré de toile de jute effilochée, ceci afin de les protéger des arêtes tranchantes des caisses ou encore des carcasses d'animaux congelés qu'on embarquait sur les bateaux frigorifiques.

Passé cette vague de fantômes débarqués des cargos, la rue fut de nouveau déserte.

– J'aimerais celui-là… et celui-là !… et l'autre là-bas ! répétait le gosse comme une litanie.

Il ne décollait pas son doigt de la vitrine.

– Il faut partir maintenant, le remède doit être prêt, lui dit la mère, alors que lui revenaient à l'esprit les mots énigmatiques du médecin : « Pronostic pessimiste ». Qu'est-ce que cela signifiait ?

Elle reçut pour toute réponse un souffle de brise, presque une caresse sur sa joue osseuse. Puis une rafale sifflante souleva un tourbillon de neige poudreuse, bientôt suivie d'un vent violent qui fouetta les manteaux élimés de la mère et de son fils immobiles devant la vitrine. Vêtu d'une espèce de caban taillé dans une vieille vareuse de soldat, le petit Pedro n'était protégé que jusqu'à mi-jambe. Il essayait de trouver des forces dans les paroles de ses compagnons de collège qui lui criaient : « Tiens bon, Pedro Soldado ! »

A cette époque, circulait encore la légende de Pedro Soldado qui s'était caché dans le massif du Payne après la mutinerie des artilleurs. On disait qu'il avait été découvert dans les grottes de Contreras, derrière la cordillère des Baguales. On racontait aussi qu'il avait vécu avec une Indienne Tehuelche, dont il avait eu des enfants. Toujours est-il que le dénommé Pedro Soldado avait disparu sans laisser de trace.

Mais qui était Susana Calafate, belle encore, malgré sa maigreur et son regard dur ? Telle une fille de vieux marin, elle semblait défier le froid avec son châle de Manille ravaudé et son gamin qu'elle tenait fermement par la main tandis qu'ils se rendaient à la pharmacie.

En vérité, Susana ne s'était jamais souciée de son nom, ce qui est fréquent dans les Magellanes où les gens, dit-on, « viennent de partout et de nulle part ». Du reste, elle aimait bien s'appeler Calafate, car quiconque a mangé de cette herbe ne craint plus d'affronter les coups du sort.

Abandonnée par son homme, alors qu'elle était mère d'une fille de douze ans et d'un garçon de huit, elle logeait dans une vieille maison du Río de la Mano occupée par d'autres familles très pauvres. Depuis des années la tuberculose faisait des ravages et avait rejeté les nécessiteux hors de la ville, où la maladie s'était emparée de sa fille.

Le remède si difficile à trouver ne servirait qu'à faire baisser la fièvre. C'était ça, le « pronostic pessimiste » ?

A la maison, hommes, femmes et enfants s'entraidaient. La solidarité soudait cette petite communauté. Les hommes travaillaient au port, dockers pour la plupart ; les femmes faisaient du tissage ou de la vannerie. Ils partageaient souvent le repas et les enfants étaient les premiers servis. En cas de maladie, la communauté venait en aide aux parents qui ne pouvaient pas faire face. Ainsi prenaient-ils soin de la fille de Susana.

Quand celle-ci revint à la maison avec le remède fébrifuge, sa voisine Juana sortit à sa rencontre pour lui dire qu'il était trop tard. La gosse était morte depuis une demi-heure. Elle était étendue sur une table à tréteaux, veillée par une lampe à pétrole. Ses yeux mi-clos, figés dans le dernier battement de l'agonie, découvraient la cornée blanche comme si l'enfant avait voulu regarder le mystère de la mort à l'intérieur de son crâne. Son petit frère, frigorifié, courut se réfugier près du poêle à bois. Toute la maisonnée s'était rassemblée pour veiller la petite défunte.

Une mouette du Détroit glissait dans le ciel vers les pentes étagées du Río de la Mano. Les femmes s'absentèrent un moment pour coucher leurs enfants. Nuit, neige, vent. Les hommes revenaient du travail avec des provisions et du pain.

La veillée funèbre n'était pas une coutume de la maison, car on ne pouvait rien offrir à manger ni à boire aux participants. Silencieux, tous maudissaient cette maladie, le mal des pauvres qui les frappait l'hiver quand le vent et la neige se déchaînaient. Il fallait dormir à présent. Demain on donnerait une sépulture à l'enfant.

Ce matin-là, de maigres rayons de soleil percèrent très tôt ; ils rebondissaient sur la neige pour remonter au ciel transformés en nuages énormes comme les mastodontes qui avaient peuplé ces terres des millions d'années auparavant.

Aidée par ses voisines, Susana avait fabriqué un cercueil de grosses planches de lenga. Elles se dirigèrent vers le fond du cimetière où s'achèvent les allées de cyprès et où l'on enterre les pauvres. Des pelletées de terre résonnèrent sur le cercueil avec ce bruit particulier, sourd et profond, qui scande la fin muette des cérémonies funèbres.

A la maison, un soulagement était perceptible, comme chaque fois que quelqu'un avait succombé à la même maladie.

Les épreuves avaient endurci Susana. A l'approche du dégel et du printemps elle se sentait renaître ; bientôt reviendraient les bandurrias et leur chant de cloche fêlée. Et les herbages reverdiraient sous les plaques de glace. Il lui restait un enfant : Pedro, fils de la cordillère des Baguales et du lac Toro au bord duquel fleurissent les *paramelas*, ces petites fleurs jaunes qui font rêver quand on les boit en infusion.

Et si son petit devenait un nouveau Pedro Soldado ? N'avait-il pas été conçu au Cruce Lorenzo Desgracia une nuit de pleine lune ?

Oui, il fallait se battre, exiger de meilleurs salaires, des journées de travail plus humaines, et surtout obliger les autorités de Punta Arenas à s'attaquer à ce fléau qui tuait les enfants. Les femmes devaient défendre la vie de leurs petits.

Et ce fut ainsi que Susana se lança dans la bagarre.

SILLAGES DU « CALEUCHE »

Aux premiers jours de décembre, je partis à Cucao en compagnie d'un groupe de passagers, à bord du *Rosario del Carmen* qui nous fit traverser le lac Huillinco. Les monts de Cucao sont le point culminant de l'île; boisés jusqu'au sommet, ils s'élèvent à neuf cents mètres au-dessus du niveau de la mer.

Le Pacifique était aveuglant de soleil. Les tourbillons et les remous du courant de Humboldt faisaient songer à des bouillonnements de thons blancs, de baleines bleues ou de cachalots vert bouteille, couleur caractéristique de ce grand serpent d'eau qui dérive à la vitesse de cinq à six milles à l'heure, des îles de Chiloé jusqu'aux Galápagos.

Nous pûmes vérifier à l'œil nu que le raz de marée de 1960 (8-9 degrés sur l'échelle de Mercalli), avait fait baisser de plus de deux mètres – phénomène observable dans tout l'archipel – le niveau de la rivière qui rejoint la lagune de Cucao, la rendant ainsi plus aisément navigable à l'approche de l'embouchure. La *copla* de Jorge Manrique, « Nos vies sont des rivières qui se jettent dans cette mer qu'est la mort... », se trouve bizarrement contredite à Chiloé, car c'est la mer qui vient mourir dans les eaux de la rivière, abandonnant son sel jusqu'aux rives du lac Huillinco. Quand redoublent les vents de travers qui roulent depuis le troisième ou quatrième quart de la rose nautique, commencent alors les ballets de chaloupes et de barques. Seuls les phoques de Pirulil remontent la barre de Cucao et se gavent de robalos et de pejerreyes d'eau saumâtre, parfois d'un corbeau de mer ou d'un tollo égarés. L'huile brillante de ce petit requin donne aux Chilotes l'illusion d'avoir quelque nuit aperçu le *Caleuche*.

Un des passagers, Francisco Mansilla, qui voyait pour la première fois des collines gonfler sur l'océan, s'exclama étonné :

– Mais, on dirait des baleines qui se battent !

– Je vais te voler cette image de combat de baleines, dis-je à Francisco, mon ami depuis l'époque où il était jeune boxeur – et tailleur – à Punta Arenas, et moi porte-parole officiel de la Fédération de Boxe de la provinces des Magellanes.

Barrington, notre entraîneur noir, appartenait alors au *Caupaulicán Boxing Club* – mélange de huilliche et d'anglais, courant dans cette ville du grand sud, au bord du détroit de Magellan, où restent encore quelques gouttes de sang ona. Mon copain Mansilla, de taille moyenne, aux bras musclés et noueux, avait compris assez vite qu'il ne ferait pas une grande carrière de boxeur, et il avait donc reporté ses qualités et son intelligence sur le métier de tailleur qu'il décida d'apprendre aux côtés du grand Peretti, venu spécialement d'Italie pour habiller de ses mains délicates les propriétaires de millions de *Corrie Dale*, de *Romey Marsh* ou de gigantesques *Lincoln*[1]. N'entraient alors chez le tailleur Peretti que les riches estancieros, les administrateurs et les contremaîtres de haut rang, qui avaient du reste fondé leur propre club. Gardiens de troupeaux, campagnards et équipages de la marine marchande passaient, eux, leurs heures de loisir à l'*Overseas Club*.

Jusqu'au jour où, lassé de l'élégance anglaise et du raffinement italien, Francisco était retourné à son terroir. C'est ainsi que nous nous retrouvâmes, à l'occasion de ce voyage et de bien d'autres.

Nous déjeunâmes dans une auberge tenue par des paysans et partîmes à pied à Pirulil, un rivage fréquenté par des lions de mer. Effrayés par le bruit des avions qui les réveillent en sursaut, ils se jettent à l'eau du haut des corniches.

Pirulil est une butte aux berges hautes et aux rochers pointus. La côte s'étire quasiment droite, tranchée à pic et interrompue çà et là par des plages sablonneuses qui n'offrent aucun abri aux bateaux.

Au loin, les baleines continuaient leur ballet, grises, bleues, violacées, la gueule dégoulinante de myriades de petites crevettes rouges.

Nous avions parcouru trois ou quatre kilomètres quand nous rencontrâmes un homme d'un certain âge, un autre d'une trentaine d'année, une femme plus jeune et un enfant. C'était la famille Chodil, le père et ses trois enfants : des chercheurs d'or. Quand la plage

1. Races de moutons.

était aspirée par un violent ressac, ils ramassaient promptement des pelletées de sable qu'ils couraient entasser hors de portée des vagues. Lorsque nous les saluâmes, seul le vieux Chodil interrompit sa tâche. Il nous montra les outils plus que rudimentaires qu'il utilisait pour extraire le précieux métal : une espèce de caisson en bois muni de gouttières doublées d'une plaque de cuivre. L'eau de mer lavait les sables aurifères d'un noir ferreux. Ces quatre malheureux maniaient leurs outils au rythme des vagues pour obtenir chaque jour entre deux et quatre grammes d'or amalgamé qu'ils livraient à un acheteur autorisé par le gouvernement.

Bien des histoires circulent parmi ces modestes chercheurs d'or. L'une d'elles me fut contée par le vieux Chodil en personne :

« Une femme de l'intérieur, de ces gens qui vivent plus au sud, se rendait à Huite pour se marier, mais elle était contrariée parce qu'elle n'avait pas de dot. Et voilà qu'elle trouve, dans l'éboulement d'une falaise, une grosse pépite. Résultat : elle a pu se marier à sa guise, acheter un lopin et élever tous les animaux de son choix. La fortune lui est venue comme ça, sans prendre le moindre risque, à la différence de nous. Mais pour moi, si vous voulez savoir, cette femme avait des accointances avec le *Caleuche*, ou si vous préférez le *Barcoiche*, comme on l'appelle par ici, vous savez, le bateau fantôme qui a des ancres et des chaînes d'or et qui vient mouiller les nuits de pleine lune… »

Nous nous éloignâmes des orpailleurs, dont les visages ruisselants et tannés par le vent trahissaient la fatigue et cette ténacité à voir récompensée leur lutte quotidienne contre les tempêtes –, lesquelles sont capables de rejeter les pépites du précieux métal jaune.

Nous arrivâmes en vue d'une muraille rocheuse pareille à une gigantesque ardoise, plantée au milieu de la plage. Les grandes vagues se brisaient à la proue de ce haut mur de sables tertiaires solidifiés. Au sommet poussaient des bromélias, des liserons et des lichens qui adoucissaient l'imposante masse de pierre. Les parois aux tons ocre, vert, rougeâtre, étaient veinées de limailles micacées et d'éclats de quartz blancs qui se confondaient parfois avec de petits escargots fossilisés. Dans les anfractuosités nichaient des *pilotos*, ces oiseaux côtiers au plumage gris.

L'océan Pacifique semble avoir fait de la demi-lune qu'est la plage de Cucao un dépôt de sables aurifères. Les anses et les grottes sont parfois attaquées par une surprenante vague folle, la « septième », dont se méfient les chasseurs de phoques et les plongeurs. C'est peut-être l'une d'elles qui avait détaché l'étrange fragment de roche ferrugineuse qui se trouvait à nos pieds. Curieuse masse, d'aspect sableux, rougeâtre, semblable à ce qu'entassaient les Chodil un peu plus loin. Nous revînmes sur nos pas pour montrer cela au vieux. Il cassa la roche d'un coup de marteau et me dit :

– Il y a des paillettes… On dirait que Dieu vous a à la bonne. Ou alors vous avez fait un pacte avec le Diable, comme la femme…

De retour par les plages, nous découvrîmes deux immenses ossements de baleine, dont nous ne pûmes deviner à quelle partie du squelette ils appartenaient.

C'était un assemblage compliqué d'os, différent de ces armatures de côtes et de vertèbres qui, dans la maison de mon enfance, nous servaient de sièges, de rampe de balustrade, et qu'on utilisait aussi comme tuteurs pour les massifs d'hortensias, les queues de renard, les rosiers, les camélias. Je récitai à Mansilla ce passage de la Bible où Jéhovah décrit le Léviathan à Job : « Il n'est pas sur terre de puissance qui puisse lui être comparée, il ignore la peur et fut créé pour jouer dans la vaste et grande mer, animal au cœur dur comme l'enclume. »

– On dirait les épaules, déclara-t-il, les pieds enterrés dans le sable et son mètre de tailleur à la main.

Dire qu'il a pris les mesures, pensai-je, de centaines d'homo erectus pour les habiller comme des Lords anglais ou comme des princes italiens – lesquels n'étaient que les vulgaires descendants d'un fossile datant de millions d'années, trouvé en Sardaigne, dans la mer Tyrrhénienne !...

– J'ai vu des crânes de cachalot qui avaient l'air de charrettes renversées, et des baleines à aileron qui ressemblaient à des gondoles vénitiennes...

Il me regarda du coin de l'œil avec cette ombre de doute qui flotte entre deux individus quand l'un se moque secrètement de l'autre. Ma voix s'enroua au pied du grand ossement tel un écho sorti de ses cavités tympanales. Pour vaincre son incrédulité et le bruit du ressac, je lui parlai d'une voix forte et claire des cimetières de baleines que l'on découvre en Antarctique, dans l'île volcanique Decepción de l'archipel de Melchior. Je repensais à l'époque où mon père les harponnait, depuis la Punta Calvario jusqu'au sud de Valdivia. Et j'avais moi aussi voyagé à bord d'un grand baleinier de la flotte de Quintay, la plus importante du pays.

Nous nous arrêtâmes devant d'autres ossements de la taille de ces tables de taverne que les marins renversent dans les bagarres pour se protéger des coups de bouteilles qui pleuvent quand la note reste impayée.

Après bien des efforts, nous arrivâmes à retourner la « table », les pieds en l'air, et nous découvrîmes alors une merveilleuse marqueterie d'os et de plaques d'ivoire qui dessinaient des formes capricieuses.

Nous poursuivîmes notre chemin au bord de l'eau où le sable est plus dur, vers l'embouchure du rio Cucao. Des traces d'oiseaux, d'animaux et d'hommes, lissées par l'écume de la marée basse qui n'était pas encore à son point mort, s'étalaient en un désordre de losanges, de trapèzes et de polyèdres sinueux et multicolores que le soleil tour à tour illuminait et effaçait dans les jeux de lumière du crépuscule. Soudain, nous aperçûmes deux *vomito lupus*, un immense et un petit, tels une cloche et une clochette. Ces étranges créations de la nature insulaire sont des hydroméduses – ou siphonophores – qui naissent de la dernière particule de lumière parvenue aux copépodes abyssaux et qui créent la première cellule organique, laquelle, en se dédoublant et en se multipliant, remonte à la surface des eaux pour donner vie à une organisation complexe et fonctionnelle, dotée d'un équilibre social que pourraient lui envier les humains. Les scientifiques parlent d'eux comme d' « individus » associés en colonies, chacun remplissant un rôle précis au sein de la communauté. Les uns sont alimentés par la colonie, d'autres possèdent des tentacules pour se défendre. Ils étaient là à nos pieds sur les sables de Cucao, siphonophore mère et siphonophore enfant ; nulle trace du père. Les dernières lueurs du soleil sombraient dans l'immensité de l'océan.

Un tantinet lassé par mes divagations sur ces hydroméduses, l'ami Mansilla m'invita à revenir à la réalité, c'est-à-dire à sa ville, la capitale de Chiloé. J'avais fait un petit retour aux îles de mon enfance et je sentis que je laissais quelque chose derrière moi. Le crépuscule était sombre et l'air me semblait exténué.

En repassant à l'endroit où étaient les Chodil, je leur racontai, affligé, que j'avais perdu le fragment de pierre aurifère parmi les ossements de baleine.

– Ça n'en valait pas la peine ! me dit Ana Maria Chodil.

– Pourquoi ? Elle pesait plus d'un kilo.

– L'or vous intéresse tant que ça ?

– Celui de Cucao, oui.

– Alors, je vais vous donner une pépite d'or amalgamé, don Pancho, une grosse, pour que vous ne veniez pas me tourmenter quand vous serez mort...

Je la conserve comme un trésor, non pour sa valeur, mais parce qu'elle brille de l'éclat nocturne des yeux d'Ana Maria et des lueurs du *Caleuche*, ce vaisseau fantôme qui navigue dans l'esprit et le cœur des Chilotes.

NOËL SAUVAGE

C'est aujourd'hui veille de Noël à l'estancia. Trois jours conquis de haute lutte pour que les hommes puissent rendre visite à leurs femmes et à leurs enfants dans les villages éloignés. Les célibataires partent eux aussi s'ils ont de la famille ; mais la plupart enfourchent leur cheval et galopent jusqu'à Río Grande où des prostituées qui sont venues faire la saison les attendent à *La Vieja Encaña* et à *La Cinchón Tres Vueltas*.

Les gardiens de troupeaux des bergeries isolées regagnent l'estancia. On raconte l'histoire de deux gringos, Mac Kennan et Mac Beans, qui ont émigré d'Écosse ensemble ; l'un travaille à Camerón, l'autre à Río Cullen. Tous les ans, la même nuit, ils galopent à la rencontre l'un de l'autre de chaque côté de la frontière entre le Chili et l'Argentine. Ils se serrent la main à travers les barbelés et se lancent un retentissant « *Merry Christmas !* ». Chacun offre à l'autre une bouteille de whisky, ils boivent quelques gorgées et repartent au grand galop pour ne se revoir que l'année suivante, le même jour, avec le même cadeau de Noël.

Les herbages de coirón se sont éveillés aujourd'hui plus brillants que les autres jours, comme pour célébrer la naissance du fils de Dieu.

Dans le corral, les hommes rassemblent leurs propres chevaux. Certains rechignent : ils ont oublié le poids d'une selle sur l'échine ; d'autres sont apathiques tellement ils ont engraissé.

Rivera, le berger, est le premier à partir. Il a deux bons trotteurs qui le conduiront à Puerto Porvenir où vit sa femme. Il doit traverser l'île de part en part, de l'Atlantique jusqu'au détroit de Magellan, puis revenir à l'estancia : tout cela en trois jours.

Ceux qui restent déjeunent comme tous les jours ; mais à mesure que la journée avance, les hommes s'animent. La pièce la plus fréquentée est celle du trayeur. Il a préparé du lait à l'aguardiente et, depuis la matinée, il passe ses disques sur le gramophone. Il dépense sa paie en disques, il en possède des piles entières ; tangos, paso doble, rancheras et quelques milongas.

Dans l'après-midi, il y aura un dressage. Reyes, un gardien de troupeau, a promis de monter Tostado, un cheval récalcitrant. Bergers et dresseurs professionnels ont hâte de voir un paisible gardien de troupeaux sur l'échine d'un alezan que personne n'a pu amadouer ; il caracole nerveusement et finit par se laisser tomber à terre en tremblant, et quand il se relève il recommence à virevolter. Les hommes ont attrapé Tostado au lasso et l'attachent au pieu du corral à chevaux. En deux habiles coups de corde ils le renversent, et les bergers tendent les lassos afin de lui immobiliser les pattes. L'animal gigote, s'ébroue, mais en vain ; ils lui passent la couverture, la chabraque, les coussinets ; pour le sangler, il faut tirer la courroie en appuyant un pied sur sa panse d'un jaune safran, luisante comme celle d'un phoque. Les hommes serrent enfin les coussinets avec une double sangle à laquelle ils donnent trois tours sur la chabraque de fine laine bleue. Ils s'y mettent à plusieurs pour le brider et lui ouvrir les mâchoires, tandis que Reyes lui pose le frein. C'est un grand type, Reyes, mince, nerveux ; il porte un béret basque déteint, et un éternel mégot pend à ses lèvres. Chaussé d'espadrilles, il s'installe prudemment sur l'échine de l'animal à moitié couché. Ça y est ! Lâchez tout !

L'alezan se relève et se campe sur ses quatre pattes comme s'il ne comprenait pas la raison de cette présence qui pèse sur son dos. La barrière est ouverte. Reyes lève sa cravache et regarde fixement les oreilles. C'est à cela qu'on reconnaît un bon dresseur, il ne perd jamais de vue les oreilles afin de savoir de quel côté elles s'inclinent à chaque saut et ainsi de rester en équilibre. L'animal s'ébroue et franchit la barrière d'un trot déréglé, mais subitement il se cabre et bondit en l'air. Il retombe sur ses pattes, son cou a un mouvement de tire-bouchon, mais Reyes n'a pas perdu de vue les oreilles et il cravache la croupe de l'alezan comme s'il lui cherchait querelle.

Tostado change de tactique et s'élance au galop en faisant des écarts brutaux à droite, à gauche. Reyes fixe les oreilles et cravache de plus belle. Péons, tondeurs, bergers, charretiers, tout le monde grimpe sur la palissade du corral comme dans un amphithéâtre, pour ne pas perdre une miette du spectacle.

Enveloppés dans une nuée de poussière, de crins, de coups de fouet, la bête et l'homme sortent de l'enceinte, tous deux ne formant plus qu'un seul centaure poudreux qui fait trembler le sol.

Soudain les yeux s'écarquillent quand le cavalier et sa monture roulent au sol ; mais Reyes, habilement, prend appui sur le flanc de l'animal, et quand celui-ci se relève l'homme pèse encore sur son échine et cravache sans répit.

Il repart au galop, bondit, fait des écarts. Du manche de son fouet, Reyes lui impose un demi-tour vers le corral. L'animal se cabre, haletant, mais les coups de cravache continuent de pleuvoir. Tostado est épuisé, mais pas encore dompté. Il revient en cherchant encore à dévier, mais plus faiblement. Poussière, sueur, écume couvrent son dos, ses flancs, ses lèvres. Le visage du dresseur est baigné d'une transpiration terreuse. Reyes l'oblige à repasser la barrière et ils sont là, tous deux, tremblants. L'homme saute d'un bond, très loin du flanc, sans lâcher les rênes. L'alezan est vaincu mais il reste menaçant, il fléchit sur ses pattes, saute, secoue étriers et couvertures, démontrant ainsi qu'il n'est pas encorc soumis. La séance de dressage de Reyes est terminée.

A la tombée de la nuit, nous nous rendons à la maison des charretiers. Oyarzún prend son petit accordéon et joue quelques rancheras, des paso doble et des cuecas. On boit du genièvre « Llave », du vermouth et du whisky.

Charlie Duncan s'est coiffé d'un chapeau melon râpé qui lui rappelle sa vie à Londres ; Schaeffer pleure en écoutant une polka et bredouille des mots que tous prennent pour un juron.

– Qu'est-ce qui t'arrive, vieux ?

– La puszta... La puszta... marmonne-t-il entre ses dents.

La musique a touché le cœur du vieil Hongrois, et au bout de son nez pend une goutte trouble, genièvre ou larme, on ne sait.

– Qu'est-ce que c'est, la puszta ? demande quelqu'un.

– La pampa, mon ami, la pampa hongroise, comme celle de la Terre de Feu.

Nous connaissions tous l'histoire de Schaeffer, chercheur d'or sous les ordres du Roumain Popper. Le Roumain lui avait offert cinquante mille hectares dans le Páramo. Persuadé que ces terres ne valaient rien, le Hongrois les avait troquées, à Río Grande, contre une caisse de whisky... Il conduit maintenant une petite charrette, la plus petite de l'estancia, tirée par sa jument Molly, et ramasse les ordures des lieux dont il aurait pu être le maître.

Dans le grand réfectoire, la fête a commencé avec l'arrivée d'un *zepelín*. Le jour de Noël on laisse entrer à l'estancia ceux qui vendent de l'alcool en fraude. Ils vendent de tout, ces contrebandiers, même des jeux pour distraire les enfants. Une partie de *monte* s'organise à une table autour de laquelle les joueurs s'installent, debout ou assis sur un banc. On prend les paris, mais le jeu ne dure pas longtemps, car le nouveau venu, dont le colt fait une bosse sous son chandail, a tôt fait de plumer quelques idiots fauchés et comprend qu'il lui est plus profitable de vendre de l'alcool.

Arrive enfin le meilleur moment de la fête : on improvise un orchestre avec un accordéon et deux guitares. Le laitier propose son gramophone, mais au milieu d'une centaine d'hommes on n'entend qu'une voix enrouée et nasillarde. On la fait taire ; tous préfèrent l'orchestre.

L'alcool et la musique aidant, la fête bat son plein. Les hommes exécutent par couples paso doble, fox-trot, rancheras, et suivent tant bien que mal le rythme de la musique. Le réfectoire tremble de cette lourdeur, de cette lenteur d'hommes rudes qui dansent entre eux.

Vers minuit éclate la première bagarre. Un petit *vellonero*[1] en a assez de servir de cavalière à un péon. « Changement de rôle... », lui a-t-il dit, mais le péon ne veut pas « faire la femme ». De plus, le gamin a remarqué que lorsqu'ils boivent quelques gorgées de la bouteille de caña que le péon porte à la ceinture, celui-ci fait semblant de boire, mais le niveau du liquide ne baisse pas. Ils échangent des insultes et brusquement les gifles pleuvent. Le bal s'arrête. On fait cercle autour d'eux. Le vellonero parvient à faire reculer le péon, bien que celui-ci ait l'air plus âgé et plus costaud. Ils remontent ainsi le grand réfectoire à la lueur de deux lampes à pétrole. Ils continuent dans la cuisine à coups de poing et pénètrent dans la réserve. Là, c'est le royaume de Vidal, le minuscule boulanger à la face de souris enfarinée qui lance au péon un grand couteau de cuisine. Ils sont parents. Le couteau effleure l'oreille du gamin et se plante dans le cadre de la porte. Le péon, pour son malheur, trébuche sur une caisse dont le couvercle est ouvert. Il parvient à en extraire une bouteille qu'il lance sur le garçon, lequel l'esquive et « achève » son adversaire par une volée de gnons.

1. Ramasseur de toisons dans les hangars de tonte.

Un berger crie :

– On n'en a vraiment pas beaucoup dans le pantalon, pour laisser se battre un gamin !

Un péon réplique par une injure et se rue sur lui. La bagarre éclate entre bergers et péons. Ce sont comme deux classes sociales de l'estancia : les bergers gagnent plus, travaillent toute l'année et montent à cheval ; la plupart des péons restent une saison et vont à pied.

Au cours de la bagarre, les lampes à pétrole s'éteignent, et dans le noir on ne sait plus très bien qui est qui. Certains parviennent à sortir et se contentent de suivre le pugilat de loin. Une humanité obscure se bat en pleine obscurité. Qui remportera la joute ? Bergers ou péons ?

Ceux qui observent le combat du dehors entendent nettement la pluie de gnons. Subitement une lampe s'allume et le tumulte reflue. La bagarre s'apaise. Chacun regagne son camp. Seuls restent en lice Reyes – le berger – et Santana – le péon. C'est tous les ans pareil, les deux clans font semblant de se battre pour savoir lequel des deux champions l'emportera. Une année ce fut Santana ; la suivante, Reyes.

Le berger est grand et solidement charpenté ; le péon, petit et râblé, avec un cou de taureau. On les encercle. Et, comme de coutume, les paris commencent, et les cris : « Sur Reyes ! », « Sur Santana ! », « Je mets dix, vingt ! », « Cinq par trois ! »

Les coups de poings volent sur les visages ensanglantés. Parfois, les deux hommes s'arrêtent, haletants, essoufflés, agrippés l'un à l'autre. Quand l'un se relâche, l'autre tente de lui faire mordre la poussière. Soudain, ils dérapent et roulent au sol. Ce n'est plus Reyes, juché sur un cheval sauvage, ce sont deux hommes, ou deux bêtes, qui tentent de vaincre, ou de tuer.

On dirait que Santana va gagner, mais Reyes le gifle violemment, lui lance un coup de pied et se rétablit. Il continue de cogner son adversaire et le laisse à moitié sonné. Cette fois, c'est le berger qui triomphe, après avoir soumis Tostado.

C'est la Nuit des Rois… Les deux hommes sortent se laver, calmés par la bagarre, peut-être sans haine.

Pourquoi ces deux hommes doivent-ils se battre tous les ans ainsi, tandis que le troupeau humain attend impatiemment leur rencontre avec un plaisir trouble ?

Maintenant il y a un vaincu, et tous respirent en paix comme si le fils de Dieu, né dans une lointaine étable il y a deux mille ans, était venu racheter leurs fautes en Terre de Feu.

Dehors, le coirón affile ses tendres petites lames de lumière qui annonçent l'aube de ce Noël sauvage.

L'AMI PAT

Hier, à midi, nous avons enterré Patricio Patterson.

Le pasteur protestant a lu un verset de la Bible en anglais, où il est dit que, « marchant au bord de la mer de Galilée, il vit Simon et son frère André qui jetaient des filets à l'eau, car ils étaient des pêcheurs ».

A cet instant, j'ai revu Simon K., mon compagnon de collège de Punta Arenas, sur ses terres de Puerto Zenteno, à l'entrée de Cabeza del Mar, où il gardait un troupeau de quatre cents brebis. Et j'ai revu Pat au Río de las Minas ; non sur le pont suspendu de la rue Quillota, à la recherche d'or, ni en bas pour reluquer entre les traverses les dessous des filles qui se rendaient au quartier « autrichien » ; non, je le revoyais simplement en train de passer le temps.

Des années plus tard, alors que j'avais abandonné le lycée, nous nous étions retrouvés, au travail cette fois ; d'abord à l'estancia *Sara*, puis à *Río Cullen*, une bergerie dans la région du Páramo, où l'on peut observer les baleines bleues, les épaulards et les baleines tueuses qui rôdent par couples, leurs nageoires en forme de faux surmontant la courbure de leur dos noir et luisant.

Une nuit que nous revenions de Río Grande, tu t'étais perdu, Pat, après être parti au galop rejoindre ton amie Evelina au bordel de *La Cinchón Tres Vueltas*. Tu m'avais raconté qu'au retour tu n'avais pas retrouvé ton petit ranch au toit de tôle, dont les murs n'étaient même pas peints. Tu t'étais perdu dans les hauts herbages de coirón qui prennent au printemps la couleur du zinc et que le vent furieux fait ressembler à une manade de juments sauvages aux crinières folles; le ranch tremble alors comme s'il allait s'envoler attaché aux queues des juments, mais bientôt le vent s'éloigne et le bois craque telle une ossature désarticulée qui se remet en place. Le silence revient, et avec lui ce calme sans fond parfois si dangereux pour les nerfs d'un homme seul.

Tu m'avais souvent dit que tu préférais le vent d'ouest parce qu'il repoussait ce terrible silence.

Ah! Ah! Ah! J'entends encore ton grand rire quand tu m'avais expliqué que tu t'étais réveillé au beau milieu des matas negras à côté de ton cheval attaché devant le ranch, et qu'une bande de canards barreros avaient salué au même instant le premier rayon de soleil par un déploiement de leurs éventails de plumes chatoyantes sur la lagune où ils nichaient en compagnie des mouettes pillardes.

Ni toi ni moi n'avions jamais pu savoir pourquoi ces prédateurs féroces ne se perchent que sur les petits îlots, parmi les canards, ou sur les rochers de ce long brise-lames du Páramo qui ressemble à une île à marée haute. De là ils prennent leur envol et descendent en piqué jusqu'à Punta Sinaï où nous allions ramasser des moules et où nos chevaux foulaient au printemps des milliers de nids aux œufs marbrés de vert, déposés dans les trous creusés par l'érosion. Oui, ces mouettes qui crèvent les yeux des agneaux…

Les cygnes à col noir qu'on dit venir d'Australie avaient, eux, élu domicile dans la grande lagune que mister Trevor avait voulu assécher au moyen d'un canal relié à l'océan. Tu te souviens, Pat ?

Quand on a ouvert le dernier tronçon du canal, la mer s'est ruée dans la lagune, et Punta Sinaï est devenue une île fantôme qui apparaît et disparaît au gré des marées, s'étire et se rétracte sur quinze ou vingt kilomètres, comme la digue du Páramo.

Ah ! Ah ! Ah ! j'entends encore ton rire quand tu as appris que mister Trevor n'était pas un ingénieur spécialiste des canaux et des lagunes, mais un simple caporal – ou sergent – de régiment de sapeurs qui creusaient des tranchées pendant la Première Guerre mondiale. Il a dû partir, mister Trevor, et dans la lagune devenue un marais salant commencèrent à arriver des flamants roses. Dès que l'eau gelait on chaussait des patins, on ouvrait nos grands trench-coats comme des voiles carrées, et le vent d'ouest nous poussait vers les flamants qui ne pouvaient pas s'envoler parce que leurs grandes pattes rouge sang glissaient sur la glace. Ah ! Pat ! La nature a beau être parfaite, il lui manquera toujours quelque chose. Quand la mouette pillarde vole l'œuf unique que pond la femelle du manchot, celle-ci cherche un caillou qui ait la forme et la couleur de son œuf perdu, puis elle le roule jusqu'à son nid vide et se met à le couver avec l'espoir têtu de créer une nouvelle famille. Et c'est sans doute pourquoi mister Trevor nous disait qu'un bon travailleur, comme un bon soldat, ne doit pas se contenter de dormir sur des cailloux, mais qu'il doit aussi en bouffer. Ah ! Ah ! Ah !

Et la Evelina qui voyait en toi un prince de Galles, à cause de ta grande taille et surtout des costumes que t'envoyaient tes oncles d'Écosse ; la Evelina qui t'attendait à la fenêtre sur le rebord de laquelle il y avait une plante ! « Pourquoi une plante ? Je ne sais pas… disait-elle, ça me donne de l'énergie et de la patience pour supporter la vie. Je la regarde comme si je regardais grandir un enfant… C'est qu'il en faut, de l'énergie, pour supporter des mulets sauvages comme vous, quand vous descendez des estancias, et de la patience pour attendre à la fenêtre celui qu'on aime ! »

Moi, j'allais avec la Elena. Elle racontait qu'elle était partie d'Ushuaia parce que les bagnards et son maquereau l'avaient détruite. Elle avait des phrases qu'elle répétait avec crudité : « Ne te mets jamais avec une pédale, sinon c'est trois ans de malheur. » C'est ce qui lui était arrivé.

Tu ne dois plus te souvenir de Göring, le colporteur, qui était passé à l'estancia avec son mec, Gómez. Il avait offert du tabac à tout le monde et trois cartouches de cigarettes Capstan, à condition qu'on les héberge dans le petit réfectoire.

Les hommes du grand réfectoire avaient commencé à se moquer lourdement de nous en demandant où on avait trouvé ces deux pépites. Là-dessus était arrivé le second administrateur, le vieux Mac Kay, qui vira

Göring et son petit ami à coups de pied au cul. Ils allèrent s'installer à « La Vieja Encaña » et tombèrent un jour sur un gendarme argentin qui leur réclama leurs papiers. Ça avait mal tourné.

– Tu obéis ou je te descends, avait grogné le gendarme.

– Tue-moi si tu es un homme, avait répliqué Gómez.

Le gendarme avait pris son revolver et tiré. Göring observait la scène avec son nez crochu et ses longs cheveux blondasses qui lui couvraient la nuque comme les plumes d'un carancho effrayé. « Les trois ans de malheur sont finis ! » avait commenté Elena…

Ami Pat, mon véritable ami, que de choses nous avons vues du haut de nos chevaux, de Río Grande jusqu'à ton ranch du Páramo ! Tu m'avais parlé de la mauvaise réputation de cette bergerie où les gens de *Río Cullen* t'avaient envoyé comme à un poste frontière entre les bêtes de la pampa et la mer. Le vieux Oberonz y était devenu fou à force de se soûler de caña à la gargote de Santiago. Oberonz était un Sorabe, une minorité slave perdue au sud-est de l'Allemagne impériale, et Santiago, un Dalmate qui avait servi sous les ordres de Julio Popper, le « roi du Páramo ». Ils avaient la nostalgie de leur terre natale. Leurs mères, pères, sœurs, frères, tous avaient péri pendant la Grande Guerre, les uns sur les champs de bataille, les autres après avoir été violées comme des Indiennes Ona.

Ni moi ni toi, Pat Patterson, n'avons jamais su ce qui était arrivé au vieux Sorabe. Les gendarmes Kuscevic et Fernández – du commissariat de San Sebastian – avaient retrouvé son corps mutilé et incendié, les os en cendres, comme une brebis pourrie qu'on brûle sur un feu de broussailles pour nettoyer la prairie.

Tu quittais brusquement un travail. Moi aussi, parfois. Nous nous sommes retrouvés à Cerro Guido.

Je me souviens de notre dernier convoi de bétail, depuis la cordillère Carmen Sylva jusqu'aux corrals de l'estancia. Trois cents taureaux qu'on menait à la marque, Domingo et moi. En passant à la Section Trente, les bêtes ont arraché les barbelés et nous ont poussés dans la lagune. On a essayé de les arrêter mais c'était impossible. Tu montais Pololo, un alezan brun ; Domingo, un de ses meilleurs canassons, habitué à ses longues jambes de dresseur, et moi, le Jerezano, un maudit noiraud qui rechignait chaque fois qu'il fallait ramener au bercail une vache récalcitrante. On a perdu trois ou quatre bêtes assoiffées qui se sont jetées dans la lagune et y sont restées, embourbées et gonflées d'eaux comme d'énormes outres. On ne pouvait même pas les dépecer pour récupérer la peau. Il fallait continuer. Toi et moi on se tenait sur les flancs du troupeau pour qu'il ne se disperse pas. Parfois, une vachette s'échappait et tu te lançais à sa poursuite. Moi aussi je l'ai fait plus d'une fois ; mais le Jerezano percevait ma crainte dans mes battements de cœur qui devaient descendre jusqu'aux aux éperons et les faire tinter. Peut-être entendait-il encore un bourdonnement lancinant, séquelle d'un coup de manche de fouet assené par un mauvais dresseur. Alors il prenait peur et me désarçonnait. Du coup il me sauvait la vie et sauvait la sienne en évitant de rouler dans la boue avec la vachette et de se briser les pattes.

Maintenant, mon vieil ami, tu galopes vers l'éternité sur ton alezan bruni par le feu et les cendres de ta vie.

Tu avais l'art de flairer l'approche des tempêtes dans la steppe fuégienne.

Je me souviens du jour où tu nous as dit que tu partais. Il t'était arrivé une histoire bizarre avec l'administrateur de l'estancia. Ou plutôt avec sa femme. Comme tu étais à moitié gringo et que tu parlais l'anglais, mister White t'avait demandé d'emmener promener sa femme. Nous, on t'avait observé et il faut reconnaître que tu savais y faire. Distraire la lady était un travail bien agréable. Que s'est-il donc passé, Pat ?

Nous nous sommes revus en d'autres lieux, alors que nos vies avaient complètement bifurqué. Nous n'étions plus les mêmes, mais nous étions encore amis. Et puis tu t'es marié avec une Anglaise, fille d'estancieros, toi qui préférais galoper dans les plaines. C'est ce qui t'a conduit à la tombe, Pat Patterson.

Tu es bêtement tombé de cheval et tu t'es blessé à la jambe gauche. Tu ne t'es pas soigné et il a fallu t'amputer. Tu t'en moquais. Tu n'as pas voulu d'une jambe orthopédique, tu préférais une béquille. Tu es allé jusqu'à replier ton pantalon afin qu'on sache bien pourquoi tu boitais. Tu riais de toi-même, on avait l'impression que pour toi plus rien n'avait d'importance, pas même la vie.

Je me souviendrai toujours de toi comme d'un homme, un vrai, c'est pour ça que j'étais là hier, à ton enterrement. C'était comme un dernier galop le long des pistes, mon vieux Pat.

UN GALOP DE SQUELETTES

Cette nuit-là le vent s'était endormi avant nous, loin de la forêt où nous avions installé notre campement. Ce fut Facón Grande, le contremaître, qui d'un brusque hochement de tête attira notre attention.

– Vous avez entendu ? dit-il le regard tourné vers l'obscurité.

Le Largo et moi écoutâmes ; peu après nous perçûmes comme un battement d'ailes dans les branches.

– Les paquets de neige qui tombent des arbres, dit le Largo en bâillant.

– Non, c'est un pas de cheval dans les fourrés, rectifia Facón.

Nous tendîmes de nouveau l'oreille, mais une fois de plus nous ne perçûmes que le bruit des couches de neige qui se désagrégeaient en dégringolant des hautes branches.

Nous étions autour du feu qui ouvrait et fermait de ses flammes le cœur de la hêtraie. Les chevaux piétinaient des feuilles, attachés dans la pénombre mouvante délimitée par la lueur du foyer ; les chiens somnolaient, leur museau enfoui dans les cendres tièdes, et nous fumions une cigarette pour clore un repas frugal.

Le feu avait fait fondre la neige alentour, et la face mouillée de la terre perçait timidement la croûte blanche qui recouvrait uniformément toutes choses.

L'hiver avait été long et cruel dans toute la Patagonie. A Iemisch Aike, il avait fallu pousser de grandes manades de juments sauvages pour ouvrir des sentiers dans la neige, et sauver des troupeaux de brebis restés prisonniers des hautes terres d'estivage dès les premières chutes que personne n'attendait si tôt.

Malgré cela, il fut impossible de délivrer trois cents bovins perdus dans les contreforts andins. Maintenant que le printemps revenait, nous partions à leur recherche.

Facón connaissait bien ces montagnes. Surnommé ainsi à cause du grand couteau à manche d'argent qu'il portait à la ceinture, il s'appelait José Díaz et occupait à l'estancia le poste de contremaître.

Le Largo, lui, devait son surnom à sa stature. Il faisait équipe avec Facón pour le dressage des chevaux et le secondait dans le convoyage des troupeaux; il se nommait Basilio Oyarzo.

Quant à moi, j'étais Tomás Friend à cette époque, contremaître de la section Chankaike de la même estancia. Je dis « à cette époque », parce qu'avant j'avais été Emiliano Amigo, nom que je traduisis par Friend en raison des circonstances.

Soudain, les chiens tressaillirent, relevèrent le museau et se mirent à flairer en direction de l'obscurité. Au même moment nous entendîmes le caractéristique gloc-gloc du trot d'un cheval sur ces rondins que l'on pose parfois dans les sentiers fangeux. Les chiens abandonnèrent la chaleur des flammes, et un vacarme d'aboiements s'éleva d'entre les arbres. Peu après les branchages s'écartèrent, livrant passage à un cavalier sur un zain, suivi de deux chiens qui se réfugiaient entre ses pattes pour échapper au harcèlement de leurs congénères.

–'Soir, salua le nouveau venu.

–'Soir, répondîmes-nous en écho.

– Vous pouvez descendre de cheval si ça vous dit, ajouta Facón.

L'étranger éperonna sa monture jusqu'au tronc où se trouvaient les nôtres. Il mit pied à terre, desserra la sangle, entrava l'animal et s'approcha du foyer.

C'était un homme plutôt petit, vêtu de pantalons et d'une veste en cuir brut doublée de laine. Bottes à mi-mollet, écharpe autour du cou et casquette en peau de guanaco munie d'oreillettes pour se protéger du vent.

– Il y a encore quelque chose à grignoter, lui dit le Largo en montrant un reste d'épaule d'agneau qui dorait sur le gril.

– Merci, merci beaucoup, répondit l'étranger qui sortit son couteau à dépecer.

Il allait porter un morceau à sa bouche quand ses chiens le regardèrent pitoyablement et se mirent à gémir. Alors, il coupa le morceau en deux et le leur lança.

– Il y a autre chose pour les chiens, fit le Largo qui se leva pour chercher des abats.

L'étranger coupa un autre bout de viande qu'il porta

à sa bouche, le tranchant au ras des lèvres à la manière des gauchos. Brusquement, il sembla s'étrangler, se pencha en avant et eut un gémissement comme ses chiens.

– La fumée de ces branches vertes est terrible, commenta le Largo en attisant le feu.

– Ce n'est pas la fumée... C'est la faim... Il y a trois jours qu'on n'a rien mangé.

C'était la première fois que je voyais quelqu'un pleurer de faim en Patagonie. Après la grande grève de 1919, les estancieros et les travailleurs avaient passé un accord qui permettait à tout homme affamé de tuer un mouton, de manger sa chair et de laisser la peau sur la clôture pour attester l'acte. Ainsi, en cas d'extrême nécessité, l'homme n'était pas considéré comme un voleur. Il pouvait également séjourner trois jours dans les bergeries de l'estancia et bénéficier de nourriture pour lui, ses chevaux et ses chiens.

– Trois jours que j'essaie de sortir de ces bois, dit-il après avoir retrouvé son calme. Je ne connais pas la forêt. Je suis de la Terre de Feu, d'une région où il n'y a pas de forêt. Je me suis perdu... Je m'appelle Enrique Boney.

Il mangea goulûment la viande, puis on lui prépara un maté. Le Largo partit ramasser des branches pour se confectionner un lit. Facón proposa sa blague à tabac à l'étranger afin qu'il se roule une cigarette, et il la lui lança par-dessus les flammes ; mais celui-ci écarta les jambes au lieu de les fermer et la blague tomba sur le sol mouillé. Un peu honteux, il la ramassa et l'essuya avec la manche de sa veste.

Je vis les yeux de Facón se planter comme deux

braises sur l'étranger, puis se tourner vers moi comme s'il voulait me signifier quelque chose.

Il dut attendre le lendemain, alors que nous marchions au pas dans l'attente du Largo qui avait accompagné le dénommé Boney jusqu'à la lisière de la pampa.

– Tu as remarqué pour la blague à tabac ?

– Oui, répondis-je machinalement en regardant la croupe noire de son cheval.

– Bizarre, tu ne trouves pas ?

– Bizarre... répétai-je pour répondre, car en fait je ne voyais pas où Facón voulait en venir.

– Ce ne serait pas le premier cas. Pendant la grande grève il y avait une Espagnole qui voyageait comme ça, habillée en homme.

– Tu crois que c'était une femme ?

– Seule une femme ouvre ses jambes pour attraper quelque chose dans ses jupes. L'homme les serre.

– J'avoue que je n'y ai pas accordé d'importance.

– Et moi qui croyais que tu avais compris quand je t'ai regardé ! Allez, n'en parlons plus. C'est un simple soupçon, inutile d'en faire tout un plat.

Au même moment, le Largo nous rejoignit et nous ne parlâmes plus de l'incident.

Mais la deuxième nuit dans ces bois, je ne pus trouver le sommeil et me redressai sur mes pauvres hardes étendues en guise de matelas contre de douillettes branches de hêtre. Je revoyais l'étranger jouant avec le manche de son fouet, ses yeux gris et brillants, ses cheveux qui dépassaient telle une touffe de coirón de sa casquette en peau de guanaco, et ses jambes qui s'écartaient comme le font celles des femmes.

Nous aperçûmes d'abord des condors qui tournoyaient au-dessus d'un ravin ; puis des caranchos avec leurs yeux rougis et repus nous guidèrent jusqu'au lieu où avait péri le troupeau de bovins que nous recherchions. On remarquait certains charognards qui ne pouvaient même plus s'envoler à notre approche tant ils étaient gavés. Le festin avait commencé depuis fort longtemps à en juger par les nombreux squelettes récurés. Mais en contrebas, au milieu des arbres, nous trouvâmes quelques cadavres dont la peau encore intacte fut tout ce que nous pûmes sauver de ce troupeau égaré.

La catastrophe s'était produite à la fonte des glaces. Les animaux avaient continué à brouter des feuilles de hêtre qui émergeaient de la neige, croyant qu'elles appartenaient à des arbustes alors qu'il s'agissait des cimes de grands arbres. Au printemps, la plaque de neige et de glace soutenue par les troncs formait une véritable voûte, qui avait commencé de fondre et s'était brusquement rompue, entraînant les animaux dans la chute. Ils étaient restés accrochés dans les branchages, certains par les cornes, d'autres embrochés ou éventrés, mais tous se trouvaient dans la posture d'un galop figé, grotesque et macabre, et les charognards les avaient transformés en troupeau de squelettes. Le vent d'ouest sifflait dans ces os blancs, éveillant dans le feuillage un hululement plaintif que je n'avais jamais entendu auparavant.

UNE STÈLE EN BOIS

Il y a, dans les contreforts andins, un petit lac niché au fond d'un ravin où le vent s'engouffre en soulevant des trombes d'eau qui rugissent dans les lugubres défilés de la cordillère.

Un jour, toute l'estancia mobilisée pour le marquage des bêtes s'y était arrêtée : quelque cent vingt hommes à cheval, transportant des corrals à mailles, des piquets, de grandes marmites, du bois, des vivres et tout ce qui est nécessaire à une estancia de la pampa en route pour la montagne.

A la fin du mois d'octobre, les journées sont très longues. Aux premières lueurs de l'aube, les cavaliers partent à la recherche des bêtes et reviennent en milieu de matinée avec leurs troupeaux qu'ils conduisent à l'endroit où les corrals doivent être dressés. Cachés dans les hautes herbes derrière leurs filets, les péons guettent le troupeau ; quand celui-ci est rassemblé, ils se relèvent en criant à l'unisson, encerclent les animaux et plantent les piquets. Ceux qui sont chargés d'attraper les bêtes entrent alors en action et apportent les agneaux aux marqueurs qui leur incisent l'oreille, leur coupent la queue et castrent les mâles d'un coup de dent ; il suffit pour cela d'une petite entaille sur la bourse et d'une brève pression sur les testicules afin que les veinules cicatrisent rapidement. En un jour on peut pratiquer cette opération sur sept mille ovins. Le marquage achevé, j'allais de temps en temps jeter un coup d'œil à ma section, où se trouvaient cinq mille *capones* qu'on engraissait.

Facón, le Largo et moi faisions équipe. Nous étions les plus anciens et le travail nous avait rapprochés. La routine quotidienne ne manquait pas d'incidents à commenter, parfois bien utiles pour chasser l'ennui.

Ce jour-là, à mon retour, j'appris une nouvelle tellement inattendue que je crus avoir mal compris. L'estancia comptait un homme de plus, qu'on appelait Untel, à cause de son nom difficile à prononcer. C'était un rescapé, un survivant des grèves des années 20. Il avait déjà raconté son histoire quasi légendaire et je fus le dernier à l'entendre. La voici :

« Je suis né en janvier 1906 et j'ai travaillé dès l'âge de douze ans dans une estancia de Patagonie. J'y ai été garçon de cuisine, péon, berger, convoyeur, enfin presque tous les boulots, et je suis arrivé à gagner sept livres sterling et dix shillings par mois. J'envoyais cinq livres à mes parents qui habitaient à Río Gallegos. Je vivais dans une cabane et dormais sur un lit de planches et un matelas de trois peaux de mouton. Deux autres employés dormaient aussi là. On ne faisait pas long feu dans cette estancia, la nourriture qu'on nous servait était tout juste bonne pour les chiens.

« J'ai participé à deux grèves, bien justifiées quand je pense à la façon dont nous étions traités, aux conditions de vie inhumaines, et à la nourriture infecte. On ignorait le pain, il fallait se contenter de biscuits de marin durs comme du caillou, de ceux qu'on garde des années et qui servent le plus souvent à engraisser les souris. On n'avait aucun lien avec l'extérieur, un journal arrivait parfois, des semaines ou des mois après sa parution.

« On a eu des nouvelles de la première grève longtemps après qu'elle eut éclaté, par des gens de passage qui s'étaient arrêtés une nuit à l'estancia. Mais des événements qui ont suivi, on n'a rien su.

« Pour la Grande Grève, ça a été bien différent. On connaissait l'organisation des ouvriers, il y avait parmi eux des anarchistes espagnols et des Argentins rompus aux luttes sociales. Ils faisaient la tournée des estancias et poussaient les travailleurs à s'engager dans les commissions, si bien que le mouvement prenait de l'ampleur. Ils collectaient des armes, des vivres et de la viande pour leurs longues randonnées.

« A l'Estancia, on soupait à six heures du soir. Un dimanche, alors qu'on attendait que le cuisinier nous ouvre la porte du grand réfectoire – et on l'attendait avec impatience parce que c'était le seul jour où on avait droit à un dessert, une louche de riz au lait ou des fruits secs –, on a entendu une grande galopade. Ce devait être un troupeau important, mais pas une de ces manades de chevaux sauvages qui défilent parfois pendant des heures. On n'y a pas prêté grande attention ; il était fréquent qu'on nous ramène des poulains à dresser depuis la lagune des Dinosaures ou depuis Lorenzo Desgracia, là où se vendent pas mal de chevaux – un commerce plutôt suspect d'ailleurs.

« C'est pour ça que l'irruption d'ouvriers barbus et de leur chef, Soto, dont on avait vaguement entendu parler, fut une surprise. Ils n'avaient pas l'air commodes. Ils ont pointé leurs armes sur nous et nous ont obligés à lever les mains. Puis ils nous ont entassés dans une pièce obscure. Des gauchos argentins et chiliens armés montaient la garde tandis que d'autres observaient en grimaçant notre maigre pitance et ce dessert que nous attendions tant. Deux des hommes s'adressèrent à moi :

« – Eh petit, on doit se rassembler à l'estancia *Anita*, on m'a dit que tu la connaissais bien ! On a besoin de bons bourrins, tu sais où ils sont, alors file doux.

« La commission à laquelle ils appartenaient comptait près de deux cents paysans et une troupe de six cents chevaux ; ils s'étaient divisés au lieu-dit Los Vascos en petits groupes qui collectaient armes, chevaux et vivres. A la *Anita*, deux autres commissions nous ont rejoints et une quatrième dont le chef n'était autre que Zárraga, le célèbre borgne, un grand costaud, massif, avec des airs de tueur. C'est lui qui a décrété que les étrangers qui n'avaient pas participé au mouvement seraient pris en otages et qu'ils répondraient de leur vie pour chaque massacre commis par les troupes du colonel argentin Varela.

« Celles-ci, composées de gendarmes bien armés, marchaient justement sur l'estancia *Anita*, où s'étaient retranchés des centaines d'ouvriers prêts à se battre jusqu'à la mort.

« Mais beaucoup ont fini par se rendre et hisser le drapeau blanc. Ils avaient été trahis par quelques meneurs. Puis une deuxième fois par Varela qui n'a pas respecté l'accord conclu de leur laisser la vie sauve en échange de leur reddition.

« La fin de l'histoire est connue : une succession de massacres. Mais il se trouve toujours quelqu'un pour racheter la dignité de l'homme. Zárraga et quelques autres, dont ceux qui m'avaient emmené avec eux, refusèrent de se rendre. Ils furent conduits par les soldats dans une forêt toute proche pour y être exécutés. Mais Zárraga avait eu le temps de m'ordonner de m'enfuir. Quelques minutes plus tard, j'entendis la fusillade et les cris de mes malheureux compagnons. Je suivis ce sentier de montagne où le seul souvenir qui témoigne de ces événements est une planche découpée dans un gros tronc de hêtre, sur laquelle on a gravé une épitaphe à la pointe de feu : “*Ici gisent les restes de treize courageux ouvriers qui voulaient la justice et furent fusillés pendant la grève de 1921.*”

« Je n'étais qu'un gamin de quinze ans. Je m'éloignai rapidement de la *Anita* en quête de nouveaux horizons et trouvai du travail dans une estancia comme rabatteur de troupeaux. On était plusieurs à faire ce travail, qui est très dur.

« Lors de la pause et des repas, la grève était notre principal sujet de conversation. J'étais le plus silencieux; j'avais vu la mort de près. Parmi les nouveaux employés, il y avait un garçon de taille moyenne, vêtu à la manière des gauchos, avec écharpe et casquette en peau de guanaco. On est rapidement devenus copains, car on avait vécu les mêmes situations pendant la grève. Il était très au courant et, après quelques veillées arrosées de maté, il me raconta son histoire : il avait servi d'agent de liaison chez les insurgés. Les forfaits des patrons et des militaires étaient de bien triste mémoire ; en revanche, les grévistes qui se battaient pour leurs droits et une vie meilleure ne s'étaient jamais livrés à des atrocités contre des estancieros – et moins encore contre des femmes.

« Notre amitié se fit chaque jour plus étroite et nous nous retrouvions dès que nous avions un moment libre. Cela devenait un peu étrange. Je me sentais attiré par ses manières, sa façon de s'exprimer ; il y avait entre nous une réelle entente, ce qui faisait jaser les autres employés qui ont commencé à se moquer de nous.

« A la fin, il m'a fallu affronter la situation, car lui ne se troublait jamais. Et j'ai appris la vérité : mon ami était une femme, la célèbre "Fuégienne" qui s'était distinguée pendant la Grande Grève. Habillée en homme, elle avait combattu dans les rangs des insurgés en portant des messages d'une estancia à l'autre. Traquée par la police et les troupes de Varela, elle avait fui dans la cordillère et s'était cachée dans les montagnes.

« Vraie ou fausse, cette histoire brisa quelque chose entre nous. La belle fuégienne ne pouvait plus continuer à donner lc change dans ses vêtements d'homme, et moi je ne pouvais plus continuer à paraître ce que je n'étais pas... Elle partit la première, dans le même déguisement. Pour où ? Je ne sais pas. Quant à moi, je n'ai plus supporté les murs de ma chambre ni ces plaines que nous avions parcourues ensemble. Quand je fermais les yeux, mes souvenirs s'emmêlaient comme des arabesques. Et je suis là maintenant à vous raconter ma courte vie, qui pourrait tenir sur une stèle en bois arrachée à l'arbre du destin. »

DON OSCAR ET LE FANTÔME

Don Oscar était un vieux chien ainsi baptisé par un berger à l'esprit sarcastique, en mémoire d'un comptable de l'estancia qui n'avait pas laissé de bons souvenirs parmi les employés. Cet homme-là faisait impeccablement les comptes, les siens comme ceux du patron; moins bien ceux des employés auxquels il rognait le salaire des chiffres excédant les centaines, ce qui lui permettait d'obtenir aisément des sommes rondes. Jusqu'au jour où des ouvriers s'en aperçurent et où le bonhomme dut partir.

J'avais échangé à un berger une couverture de selle râpée contre ce chien à la peau tout aussi râpée. Mais don Oscar m'aiderait mieux qu'un jeune chien à surveiller les animaux à fine laine dont j'avais la charge, car ses aboiements enroués et son allure lasse convenaient à merveille à la placidité des gros moutons de la race Corrie Dale.

Ce matin-là, nous allâmes comme tous les jours leur donner à manger dans un enclos où se dressait une meule de foin de la taille d'une maison. L'avoine ne mûrit pas en Terre de Feu, aussi en automne la stocke-t-on, le grain encore vert, en de grands tas compacts destinés à nourrir les animaux durant l'hiver. Le germe immature se contracte et prend une saveur agréable que révèle l'extatique mastication des moutons.

Pendant la majeure partie de l'année, un fort vent d'ouest balaie l'immense plaine fuégienne. Et quand il ne souffle pas au ras des herbages de coirón, on le devine en plein ciel au scintillement des étoiles, et de jour à la course des nuages que déchirent des fouets invisibles.

Parfois le soleil perce la couche nuageuse, et ses rayons lancent sur la plaine des flèches de lumière qui jouent avec les ombres. Alors, ciel et pampa se muent en un décor grandiose et fantastique où tout, jusqu'aux herbes, semble attendre un événement imminent.

La matinée était encombrée de lourdes nuées grises qui paressaient dans un ciel d'une luminosité riante.

Des centaines de moutons étaient éparpillés dans la prairie. Je me préparais à les rassembler, accompagné par don Oscar. C'était la première fois que nous allions accomplir ensemble cette tâche, et rien ne semblait clocher. Le chien avait appris à distinguer mes sifflements : deux courts et secs pour lui intimer un ordre ; un long et deux courts affectueux pour l'appeler. On se comprenait bien.

Après m'avoir utilement secondé, le chien s'était couché au pied de la clôture de cet enclos où était dressée la meule. A l'aide d'une fourche, je remplissais les mangeoires et les moutons y plongeaient le museau.

Brusquement, une violente rafale de vent s'abattit sur nous, une véritable tornade qui emporta les brins de paille de la meule en formant peu à peu un corps fuselé qui tournoyait sur lui-même, doté d'une tête impressionnante.

L'immense force de cette trombe aspira le foin accroché entre les dents de ma fourche, et le fantôme de paille commença de tourner autour de la meule.

A la vue de cet étrange phénomène, mon chien releva la tête avec inquiétude et attira mon attention. Appuyé sur le manche de la fourche, je lui rendis son regard.

Des loicas à gorge rouge jaillirent du cœur de la meule où ils avaient installé leur nid et s'envolèrent comme des flammèches vers le soleil qui crevait les gros nuages gris.

Subitement le fantôme s'éloigna de la meule et se dirigea en tourbillonnant comme une toupie vers l'endroit où était allongé don Oscar. Surpris, le chien se dressa sur ses pattes.

La silhouette du fantôme se détacha encore plus nettement contre l'immensité de la pampa. On aurait dit un épouvantail qui gesticulait en une gigue étrange. Arrivé devant la clôture, il ne sauta pas comme l'aurait fait un animal ou un homme, mais traversa les cinq rangées de barbelés sans perdre un seul brin de paille.

Don Oscar arqua son échine hérissée de rares poils, planta ses griffes dans la terre, et comme si un aboiement s'étranglait dans sa gorge, il ouvrit le museau, dévoilant ses dents en une attitude de défense. Puis voyant que le fantôme de paille continuait de danser derrière la clôture, il poussa un long hurlement plaintif comme le font ses congénères les nuits de pleine lune.

J'éclatai de rire en soupçonnant que ce hurlement était une réponse car le chien ne comprenait pas comment ce corps avait franchi les barbelés. Je sentis que don Oscar était vexé par mon rire. « Vieil idiot, va ! » lui dis-je.

Mais je n'avais pas fini de prononcer ces mots que le fantôme s'arrêta comme s'il m'avait entendu. Il oscilla un instant et revint subitement en arrière, cette fois en zigzaguant. Il retraversa la clôture, passa près de moi et se précipita sur la meule de foin où il se désintégra, non sans m'avoir auparavant lancé une poignée de paille qui, au lieu de se planter sur la fourche, s'accrocha à ma barbe.

Le soleil apparut entre les nuages comme un gros œil de bœuf apeuré. J'appelai mon chien par des sifflements affectueux et le caressai en me gardant bien de rire. Don Oscar me rendit la caresse par un gémissement où se mêlaient tendresse et crainte.

Depuis ce jour, chaque fois que je suis allé remplir les mangeoires, j'ai jeté un coup d'œil au ciel, au cas où un vent fantasque viendrait nous jouer un mauvais tour ; mais le phénomène ne s'est jamais reproduit. Seuls les plumages rouges des loicas ont jailli comme des étincelles quand j'ai enfoncé la fourche au cœur du foin.

BALEINIERS DE QUINTAY

Entre Valparaíso et le petit port de Quintay, le Cerro Curauma culmine à 500 mètres et plonge dans les vagues comme un gigantesque mufle de baleine. Montagnes grandioses au flanc desquelles les sentiers andins serpentent jusqu'à la mer. La plate-forme de Quintay se prolonge par une presqu'île escarpée qui protège l'anse des vents de sud-ouest.

En avril 1953, j'arrivai à ce port par voie de terre afin de participer à une chasse à la baleine à bord d'un bateau de la compagnie Indus.

– Il faut plus de temps à une cuisinière pour préparer une fricassée de poule, qu'à nous pour dépecer une baleine et en faire fondre la graisse dans les fourneaux, affirme le contremaître Carlos Aravena.

C'est un homme corpulent qui dirige de sa « chaire », comme il dit, les manœuvres d'accostage et de halage des baleines le long d'une rampe en ciment. Il travaille depuis trente-six ans dans l'industrie baleinière et l'on n'a pas grand-chose à lui apprendre. Dès que je me présente à lui, je comprends à qui j'ai affaire.

Arrive un bateau qui remorque une baleine jusqu'au bord de la rampe. Là, sa queue est saisie par un « crabe », une grande tenaille d'acier amarrée à un câble que hale un treuil jusqu'à l'endroit où l'animal sera dépecé.

– On dit que la pêche est bonne à la pleine lune, mais pas parce que les baleines sont lunatiques, me lance Aravena en ricanant. A l'approche des grosses marées, les crustacés et les crevettes se rapprochent des côtes : les cachalots et les baleines suivent...

Un homme qui fait bien son travail est un maître, et quand l'on en rencontre un, l'on songe à ce que disait Balzac : « On n'approche pas un maître pour apprendre à douter. »

Carlos Aravena, me regarde à la dérobée. Il me jauge. Quand je lui dis que je suis écrivain, il commente :

– J'en ai connu un qui est resté ici un temps. Il écrivait une espèce de roman.

Le lendemain matin, vers les onze heures, apparaît l'*Indus 8* avec quatre cachalots remorqués le long des flancs. Encadré par les cétacés, le bateau paraît à peine plus grand. Sa coque est d'un vert fané et sa dunette couleur crème. L'*Indus 11* vient juste d'informer par radio qu'il ramène du nord dix animaux, et Aravena calcule que vingt baleines, au moins, arriveront demain.

Des bancs de cabinzas s'agglutinent autour des cadavres. Ils sont friands de la membrane qui enveloppe le corps des cétacés. De la taille d'une main, ils grouillent par milliers, s'attaquant aux flancs, telles ces spatules argentées avec lesquelles on racle la coque d'un bateau avant de le repeindre.

Le dépeçage commence tôt le matin. Les hommes

grimpent sur le dos de l'animal, armés de longs couteaux à lame courbe.

Aravena donne des ordres par de grands gestes du bras droit dirigé vers la plage où le « crabe » emprisonne de ses immenses pinces la queue de la baleine privée de ses nageoires caudales que l'on a coupées en mer afin de faciliter le remorquage. Simultanément, de la main gauche, il fait signe à l'homme du treuil. Le corps du cétacé remonte lentement la rampe. J'observe attentivement l'opération, mais je pense aussi à ces hommes, à leur travail et à ces animaux qui vont être dépecés par des tranchoirs qualifiés de « norvégiens ». Pourquoi ? Les Basques furent pourtant les premiers Européens à chasser la baleine dans les mers de l'hémisphère nord. C'est d'eux que les Norvégiens ont tout appris, avant de les expulser de leurs usines.

Le tranchoir découpe d'énormes lanières de lard qui sont ensuite décollées à l'aide d'un palan comme s'il s'agissait d'une peau de banane.

– N'aie pas peur d'abîmer ton couteau ! crie brusquement le chef d'équipe à un homme au geste hésitant.

Du coup, l'homme juché sur le dos du cétacé grâce à des souliers armés de crampons plonge son tranchoir d'un geste décidé, et la lame pénètre dans la graisse avec un étrange bruit mouillé. Je vois sortir du flanc de l'animal le harpon qui l'a tué. Il est tordu comme une vulgaire épingle, bien que ce soit une fourche métallique qui pèse dans les quatre-vingts kilos. J'en reste sans voix. Il s'est planté dans les vertèbres dorsales, dont une seule pourrait servir de tabouret, comme ceux de mon enfance dans notre jardin de Tubildad.

La couche de graisse a plus de trente centimètres d'épaisseur et chaque animal donne entre huit et neuf tonnes d'huile. Les gigantesques bandes de lard sont sectionnées en gros cubes et jetées dans les écoutilles qui s'ouvrent au pied de la rampe vers les fourneaux souterrains.

La tête d'un cachalot est restée ouverte; elle ressemble à une caverne d'où s'écoulent d'innombrables stalactites transparentes. C'est l'ambre gris ou le spermaceti, tellement recherché depuis l'antiquité, et dont le cachalot porte une demi-tonne dans le crâne. Son cerveau est aussi le plus volumineux de tous ceux du règne animal. La poche de spermaceti semble lui servir à équilibrer ses mouvements à grande profondeur. L'homme a commencé à le chasser avec une simple lance et sur de petites embarcations; aujourd'hui l'on fait des campagnes pour éviter son extinction.

Evaristo González est le vétéran des dépeceurs. A la pause, il me parle de sa vie. Il a entamé sa carrière à l'âge de dix-sept ans, à l'usine de Punta Calvario, au sud de Corral. Avec un éclat de bois trempé dans une flaque de sang il dessine un harpon.

– Ici, la chevillette se libère et le harpon s'ouvre à l'intérieur. Autrefois on pêchait avec une ligne ou, si vous préférez, un câble de trois quarts ou d'un pouce enroulé sur un tambour fixé dans la chaloupe. La pointe du harpon faisait un mètre de long au bout d'un manche en bois de deux mètres. On ne tuait pas la baleine. On se contentait de la piquer, puis de la remorquer. Parfois elle plongeait en essayant de se débarrasser du câble et du harpon. Alors la chaloupe était entraînée et il fallait manœuvrer serré pour ne pas couler. La chaloupe se rapprochait progressivement de l'animal et on lui plantait une lance derrière la nageoire afin d'atteindre le poumon ou le cœur. Si le coup était précis, la baleine mourait assez vite. Mais certaines étaient transpercées dix fois, vingt fois, et ne mouraient pas... Le tambour pouvait dérouler jusqu'à cinq cents mètres. C'était le pilote qui devait achever l'animal. Ou à défaut le harponneur. Le premier mouvement de la baleine est de plonger la tête sous l'eau et de donner des coups de queue. On risquait à tout moment de chavirer ou de voler en morceaux. C'était vraiment une sacrée aventure ! La baleine morte, on la remorquait à la rame jusqu'au bateau.

Le maigre et grisonnant Evaristo González interrompt ses souvenirs pour reprendre sa tâche. Les scies circulaires ont découpé les côtes et les vertèbres de l'animal qui vont également finir dans les fourneaux. La rampe est de nouveau dégagée pour l'arrivée d'autres cétacés. Le hurlement des scies sur les os et les mares de sang jonchées d'organes composent une scène d'une cruauté indicible.

Le Léviathan décrit dans la Bible correspond assez bien au cachalot. J'observe pour la première fois qu'il porte sur sa gigantesque mâchoire inférieure des dents coniques, et sur la supérieure des cavités destinées à les recevoir. Je n'aimerais pas tomber dans cette machine à broyer et à malaxer.

En fin de journée, la crête des vagues est ourlée d'une mousse rougeâtre.

Le dimanche 12 avril accoste l'*Indus 7* qui ramène sept cachalots. Quelle majesté que ces petits bateaux flanqués de monstres marins !

Aravena continue d'officier en haut de sa chaire. L'*Indus 11* se présente dans les derniers rayons du soleil. Il remorque neuf baleines. Pour les Indiens de la Terre de Feu, qui se nourrissaient de la chair des baleines échouées, Schiuno, le vent, se maria avec Océn, la baleine, et ils eurent un fils, Schiunoktau, le colibri.

C'est sur ce bateau que je dois embarquer. Nous appareillons à la nuit tombée, cap sur Valparaíso pour nous ravitailler en carburant. La flotte baleinière de Quintay se compose de onze *Indus*, et ce dernier est commandé par le capitaine Humberto Olavarría, un Chilote de cinquante-six ans. Il chasse la baleine depuis trente ans.

C'est un homme de taille moyenne, musclé, agile, le regard vif sur un visage brun qui n'est pas sans évoquer le renard. Il m'invite à manger, et le premier marin qu'il me présente est le cuisinier Moisés Arena, un type gros et court sur pattes comme tout cuisinier de bord qui se respecte. Sa chemise pied-de-poule rouge, son tablier et sa toque blanche émergent des marmites de la petite cuisine. Puis je salue l'ingénieur Opazo, grand et cordial, qui se joint à nous. La table est garnie de baguettes pour retenir les assiettes quand la houle fait rage. Les banquettes tendues de cuir sont adossées aux parois de fer.

Le cuisinier propose du thon à Opazo, qui le refuse avec une grimace de dégoût. La bête a pourtant été pêchée la veille. Je l'accepte : c'est délicieux. Puis ragoût de bœuf accompagné de pommes de terre et d'une salade de tomates à l'oignon, dessert, café.

Après ce succulent repas, je commence à questionner le capitaine.

La baleine bleue, la plus grande de toutes, mesure neuf mètres à sa naissance. Adulte, elle dépasse parfois trente mètres. Elle procrée – ainsi que la *finback* – en Antarctique, où l'on a observé des troupeaux de femelles allaitant leurs petits. Il est rare de rencontrer une de ces baleines dans les parages de Quintay. Les cachalots, eux, mettent bas au nord, vers les Galápagos ; mais ils redescendent le long des côtes chiliennes. Ils peuvent rester plus d'une heure immergés.

Olavarría évoque ensuite les combats entre les baleines et les quilas de quatre mètres de long, des requins tigrés qui se lancent à la poursuite de l'aileron du cétacé et le déchirent jusqu'à ce que jaillisse un flot de sang. Puis ils se jettent sur leur proie et leur arrachent d'énormes lambeaux de lard. Et l'ingénieur Opazo de conclure :

– Quand on rate une baleine, ce sont les quilas qui finissent la besogne.

A Valparaíso, nous rencontrons un autre baleinier de Quintay qui fait lui aussi le plein de carburant. Les deux bateaux s'embossent et nous grimpons à son bord.

Le capitaine de l'*Indus 9*, un nordique corpulent qui n'est plus tout jeune, se présente :

– Sander, me dit-il.

Il nous introduit dans sa cabine et débouche une bouteille.

– Je ne peux pas rester plus de vingt-quatre heures à Valparaíso, râle-t-il. A terre, j'étouffe. Je recommence à respirer quand je lève l'ancre ; en pleine mer mon asthme a disparu. La société actuelle me dégoûte, et de l'avenir je me fous puisque je ne serai plus de ce monde. Ce que je sais, c'est qu'il ne faut pas rester au mouillage à Valparaíso, comme un gros cachalot. Il faut être pareil au crabe qui guette l'instant où l'huître entrouvre ses valves pour y glisser un petit caillou, puis pour saisir la chair entre ses pinces et la déguster comme un parfait gentleman. Alors, tant que je ne trouverai pas mieux à faire, je chasserai la baleine.

Olavarría sourit à Sander tout en épiant mes réactions devant l'humour sarcastique de son collègue, qui poursuit :

– Un jour viendra où les ailerons des baleines grandiront et où elles pourront voler. Il faudra alors des canons baleiniers antiaériens, des avions baleiniers. En attendant, on est bien obligés de continuer à se mouiller le cul dans cette baignoire où les gros poissons ne semblent pas avoir l'intention de cesser de bouffer les petits.

J'aurais bien aimé que les visions farfelues du capitaine Sander deviennent réalité la nuit suivante, pour affronter la terrible tempête qui nous tomba sur la casquette en pleine mer.

Olavarría fut le premier à la flairer. J'étais avec lui sur la passerelle à contempler la nuit.

– Quand les étoiles tremblotent, c'est que le vent se lève, annonça-t-il.

L'*Indus 11* gravissait avec une souplesse féline les grandes vagues du Pacifique et les redescendait, légèrement incliné ; mais à chaque coup de roulis la poupe se retrouvait sous l'eau.

La tempête fut également annoncée par une bande d'hirondelles de mer qui se posèrent sur le plat-bord, tout juste à un mètre au-dessus de la ligne de flottaison. C'est un petit oiseau à peine plus gros que l'hirondelle de terre, au plumage bleu et blanc. J'en tuai une pour l'empailler mais je ne l'ai pas gardée.

Nous naviguions cap au sud-ouest sur une mer forte. La radio nous apprit que l'*Indus 6* était à un quart de mille, près de la côte.

Un autre bateau informa le commandant de la flotte qu'il était à l'ancre à la Herradura de Coquimbo. Un troisième nous prévint que la tempête arrivait au galop par le sud-ouest.

Le commandant Olavarría souhaita bonne chance à ses capitaines. Il maintint le cap au sud-ouest afin de tenter de prendre la tempête de vitesse.

– Un petit grain, dit-il. Dans les parages de Corral, on est tombés sur des tempêtes force 12. Le danger vient du roulis sur la crête des lames. Il faut tout boucler pour que l'eau n'entre pas, arrêter les machines et jeter les ancres afin de ne pas chavirer.

J'allai me coucher dans une petite cabine située entre la cheminée et la salle des cartes.

J'ai essuyé bien des tempêtes depuis l'enfance, et sur bien des bateaux... Aujourd'hui, l'*Indus 11* devenait une bouée dérisoire ballottée en plein océan. L'équipage regagna ses couchettes, sauf les mécaniciens de quart, bien que les machines fussent à l'arrêt. Cet équipage se composait du capitaine, du premier pilote, de trois mécaniciens, de trois chauffeurs, de trois matelots de pont, d'un apprenti pilote, et enfin du cuisinier et de son marmiton.

Je ne pus fermer l'œil cette nuit-là. A plusieurs reprises, je dus m'agripper au rebord de la couchette pour ne pas tomber. Je connais la sensation d'être réveillé par un tremblement de terre. Les secondes s'étirent en d'interminables minutes. La peur survient en plein sommeil et grandit dès qu'elle se combine à la conscience du danger. On n'est plus alors qu'un étrange animal effrayé, surtout si l'on est seul.

Ces vagues de plus en plus violentes passaient au-dessus de ma cabine. Et, histoire de rigoler un peu plus, on était justement un vendredi 13. Je devenais superstitieux. Pourquoi diable avais-je tant tenu à m'embarquer sur ce rafiot ?

Nous continuâmes de lutter contre la tempête, cap au sud. Je commençai à éprouver quelque honte. Quand je retrouvai le capitaine sur le pont, je lui dis que, d'après une superstition de marins, avoir des étrangers à bord portait la poisse, surtout si c'étaient des curés ou des femmes.

Il me répondit en souriant :

– Chez les Norvégiens, peut-être, mais pas chez nous. J'ai connu le capitaine Auri qui emmenait sa femme à bord pour qu'elle fasse la cuisine. Une Russe de Vladivostok.

Ce n'est que vers les quatre heures de l'après-midi que je pus avaler une tasse de maté avec du pain, tandis que les autres avaient pris un solide repas, après un bon sommeil.

Le capitaine lança des appels radio à tous les bateaux de la flotte. Certains avaient comme nous affronté la tempête. L'un d'eux s'était réfugié à Lapimavida en attendant que le temps s'améliore : « Nous restons au mouillage pour la nuit. Rien d'autre à signaler. A demain », entendit-on à la radio.

Le lendemain, sans avoir vu la moindre queue de baleine, nous jetâmes l'ancre à Curanipe. L'anse possède une pointe rocheuse qui la protège des vents de sud-ouest. Au sommet des falaises qui s'arrondissent en collines, on découvre au milieu d'une pinède un hameau de cabanes en rondins . Sur un chantier à l'embouchure d'une rivière, on construisait une grande chaloupe.

– Ce bois rouge est du roble de Maule, me dit un mécanicien. Ces chaloupes remontent à la voile jusqu'au Pérou, le voyage aller et retour dure deux mois.

En raison du mauvais temps, personne n'a tué de baleine. Le capitaine Olavarría a bon espoir d'être le premier, car la tempête s'éloigne vers le nord. Les marins s'activent : l'un tresse un cordage, un autre arrondit à coups de marteau le chaînon d'un câble.

Après le déjeuner, le pilote Manríquez, trois matelots et moi partons à la pêche à bord d'une barque à la proue relevée et au fond plat. Manríquez me conseille, en cas de danger, de m'accrocher au *picaron*, une bouée ronde en liège, doublée d'une toile imperméable.

Je ne vois aucun lieu où nous pourrions accoster. Les vagues éclatent avec un bruit de tonnerre contre les hautes falaises crevassées, et l'on aperçoit une grotte où la mer s'engouffre en grondant.

Nous arrivons enfin à proximité d'une plage sablonneuse. Mais une grande lame nous prend en traître et nous fait chavirer. Je ne parviens pas à saisir la bouée et m'agrippe à un rameur. La vague nous roule jusqu'à la plage, coiffés de la coque du bateau. Nous sommes trempés jusqu'à l'os et rions de l'incident. Un matelot a perdu sa toletière, et moi un peu de ma peur en voyant ces types-là affronter l'océan avec une telle assurance.

Nous passons la journée à ramasser quantité de fruits de mer, notamment des *pencas de piure*, que nous détachons des rochers avec nos couteaux. C'est un petit mollusque dont la chair rouge est protégée par des lamelles spongieuses. Il a une saveur d'iode et de safran : des dattes du verger de Neptune.

L'embarquement est aussi hasardeux que le débarquement, et c'est trempés que nous regagnons le bateau. Olavarría me prête des bottes et nous nous installons pour bavarder au sec dans la cuisine.

Ce soir-là nous eûmes droit à un somptueux festin. Piures en entrée, poule en sauce et deux carafes de vin de Maule. Dans un port, nous avions échangé à des Maulins du savon et des cordages contre du vin de leur région. Ce fut une nuit mémorable.

– Moisès a connu autant de naufrages que de femmes, lança un mécanicien.

– Et comment ! enchaîna le vieux cuisinier. J'ai fait quatre fois naufrage et je me suis marié quatre fois. Ma première épouse s'appelait *Isis*, une goélette langoustière qui s'est échouée au nord de Punta Carranza, en

1942. Le timonier fatigué s'était endormi à la barre et le bateau s'est immobilisé sur des bancs de sable. Mais vous voyez, je suis encore là pour vous raconter mes petites histoires.

Quand des hommes seuls se retrouvent ensemble, les femmes ne tardent pas à surgir dans leur conversation. Un mécanicien évoque son travail dans une entreprise de fabrication d'huile de tournesol. Il y avait dans le mur de la salle de bain un trou par lequel les hommes lorgnaient à tour de rôle les femmes qui se lavaient dans la pièce voisine. Mais un jour, l'attroupement fit un tel vacarme que l'affaire arriva aux oreilles de l'administrateur et que la fête fut terminée.

Le capitaine Olavarría y alla de ses souvenirs d'apprenti baleinier.

– Les quarts de hune se prenaient du lever au coucher du soleil. Sur les bateaux, c'était la loi du plus fort, et il fallait apprendre à se défendre dès l'enfance. L'homme est aussi fou et dangereux sur terre que sur mer. J'ai assisté un jour à une curieuse bagarre entre un pilote et son capitaine. Celui-ci se promenait sur le quai lorsque le pilote, qui était de quart, soudain l'interpella. « Qu'est-ce que tu veux ? » lui demanda le capitaine en montant à bord. « Te cogner ! » répondit le pilote. Et les gnons se mirent à pleuvoir. A cette époque, les bagarres entre Chiliens et Norvégiens éclataient pour un mot de travers, parfois en pleine chasse. Ils se tapaient dessus à coups de chaîne et ne s'arrêtaient que par crainte de laisser échapper une baleine. Or ils recevaient un pourcentage sur les prises. Ces types-là arrivaient le plus souvent en quête de travail au sein d'un équipage. La

Compagnie ne leur fournissait rien; pour dormir, ils se débrouillaient avec des sacs de patates.

Puis Olavarría changea de sujet et nous parla des cachalots :

– Les cachalots communiquent entre eux en faisant un bruit, « trac-trac » ou quelque chose comme ça, dit-il en tapant le couvercle du sucrier. A la saison des amours, ils nagent lentement, en silence. Un jour, j'en ai harponné un dans un troupeau de huit ou dix; au lieu de filer, ils ont entouré de leurs gros mufles le corps de leur compagnon mort. Les cachalots ont toujours un chef et, quand il meurt, ils nagent à côté de son cadavre; quand il est blessé ils le protègent. C'est la raison pour laquelle ils sont si faciles à chasser.

Et la soirée s'acheva sur l'évocation des baleiniers disparus en mer.

Le lendemain matin, nous sommes de nouveau au large sous un soleil splendide.

Le capitaine Olavarría grimpe en haut du grand mât pour scruter l'horizon. Puis il est remplacé par le pilote Manríquez. A dix heures et demie, il lance pour la première fois le cri tant attendu :

– Baleine en proue!

Le timonier répète le cri dans le porte-voix en bronze relié à la salle des machines. L'*Indus 11* trépide comme un coursier éperonné. L'océan d'un vert magnifique entre en lice. Les consignes fusent.

– Serrez la baleine!

– Machine à mi-régime!

– Lentement...

Je ne vois encore rien. Seul l'œil expert du pilote Manríquez voit sous l'eau. Mais, bientôt, surgissent à la proue une espèce de trompe et deux ailerons qui ondulent sur la ligne d'horizon.

– Mi-régime !

– Mi-régime ! répète le timonier.

Le capitaine Olavarría enfile un ciré ocre. Sur sa trogne brune ses yeux brillent d'inquiétude.

A onze heures moins cinq, il abandonne la passerelle et accourt sur la dunette. Une détonation retentit. Le capitaine et le canonnier sont enveloppés d'un nuage de fumée. La baleine est morte d'un tir bien ajusté. Les palans entrent en action et le cabestan commence à relever le câble au bout duquel est attaché le cétacé : une finback, ou baleine à aileron. Les matelots sont à leur poste. Ils embossent le corps de la baleine sous bâbord amures. Un homme tend la lance au capitaine qui la lève, comme s'il accomplissait un rite, et la plonge dans le corps mou, jusqu'au cœur. Une écume de sang mousse autour de l'animal. Un matelot armé d'un tranchoir lui coupe les deux ailerons de la queue qui filent tristement dans les vagues.

Le bateau repart, la baleine amarrée à la coque. Sous l'effet de la pression de l'eau, les mâchoires s'ouvrent et se referment sur l'écume. Ce superbe animal n'est pas comparable au cachalot : autant mettre côte à côte un porc et un héron. Je ne me lasse pas de contempler la blancheur ivoire de son ventre strié de plis qui se déploient et se replient comme un accordéon.

– Bon appétit ! lance par radio le capitaine aux

collègues de sa flotte à l'heure du repas, après avoir donné la position de son bateau. Il y avait aussi une *sail whale*! J'ai cru que je l'atteindrais, mais elle a filé au sud comme un diable !

Perché dans la hune, le pilote Manríquez signale des panaches de baleines au loin. On prépare une bouée blanche avec une croix. Peu après, Manríquez crie qu'elles ont disparu, mais il y a encore des dauphins en grand nombre, et voilà qu'à cinq cents mètres il repère une *alfaguara*, une baleine bleue... Nous naviguons toute la nuit, et à l'aube nous sommes en vue de Quintay. Le dernier animal que nous avons poursuivi a été sauvé par la nuit. Une nouvelle tempête se prépare.

Quelques jours plus tard, j'ai aperçu au loin ma maison de Quintero, au bord de cette mer dont les furieuses vagues déferlantes ont fait naufrager tant de bateaux.

Le palan m'a hissé dans un panier grillagé, comme un vulgaire sac de coquillages, et m'a déposé au fond d'un canot qui m'a conduit jusqu'au rivage.

De la côte, j'ai vu l'*Indus 11* qui se pressait de faire le plein de vivres et d'eau, afin de prendre le large au plus vite. Et moi j'ai grimpé le chemin de ma maison, près de la grotte du Pirate, pour mettre toutes ces notes en ordre.

Je ne suis jamais retourné à Quintay. C'est aujourd'hui un lieu désolé, sans cachalots ni baleiniers. Il ne reste que le mufle du Cerro Curauma.

DE LA FAMEUSE RÉGION ANTARCTIQUE

Il est en Antarctique une mer désolée, plus désolée encore et plus tempétueuse que la mer de Drake ou que le Pacifique : la mer de Bellingshausen, du nom du navigateur russe qui commanda une des premières expéditions en terres australes.

La nuit où nous y pénétrons, l'*Angamos* est brusquement bousculé par une houle inconnue – d'une mer à l'autre les vagues ne se ressemblent pas. Nous connaissons la longue et haute lame du Pacifique, et celle de l'Atlantique, courte et bondissante, peut-être à cause de son lit plat. Les vagues de la mer de Bellingshausen, elles, sont des montagnes.

L'*Angamos* pousse ses machines au maximum, tous les panneaux sont verrouillés et le moindre filin a été attaché, comme le fait un combattant qui se prépare à l'assaut. Le navire, de belle ligne et haute proue, est de construction suédoise ; il a été conçu pour affronter de grosses mers, et ses œuvres vives dominent superbement les flots démontés.

Nous sortons sur le pont pour contempler cette nuit

furieuse. Il fait noir comme dans la gueule d'un loup; seuls brillent les signaux réglementaires, dont le faible halo laisse entrevoir le gonflement des vagues que la proue de l'*Angamos* fait exploser en gerbes d'écume.

Si da el verde con el verde
y el rojo con su igual
entonces nada se pierde
siga el rumbo cada cual[1].

Ainsi dit le refrain que connaissent tous les pilotes de haute mer, et qui leur permet de ne pas se tromper de cap quand ils croisent un autre bateau. Mais ici ce refrain ne rime à rien : rares sont les vagabonds des mers qui viennent se perdre sous ces lointaines latitudes.

La route maritime la plus proche est celle du détroit de Magellan. Là-bas pourrait se trouver un compagnon de l'*Angamos*; mais s'il lançait un S.O.S., il nous faudrait une semaine pour lui porter secours.

L'imagination est pareille à l'onde que soulève une pierre jetée dans l'eau. Ce soir, l'*Angamos* n'est qu'un fétu de paille emporté sur les montagnes liquides de la mer de Bellingshausen. La nuit, en haute mer, l'imagination s'envole vers d'autres lieux où règne plus de chaleur et d'humanité. Le vacarme de la ville devient une musique nostalgique, et nous ressentons plus profondément la mélancolique angoisse de l'éloignement. La mer, la nuit, la solitude se peuplent d'ombres; le bateau halète dans les creux, et le souffle rauque et cadencé des

1. « Si le vert répond au vert / et le rouge à son semblable / alors rien ne se perd / et chacun poursuit sa route. »

machines se perd comme une voix, comme une âme, au cœur de cette immensité sauvage et chaotique.

Nous nous réfugions dans le ventre du navire. Un compagnon de voyage nous y attend, un homme qui nous conte d'autres mers, d'autres rivages, et nous nous amarrons à sa parole afin de dissiper l'angoisse. C'est le docteur Juan Lengerich, un marin qui a troqué l'aventure contre la science.

Aviateur pendant la Première Guerre mondiale, il affronta souvent l'ennemi, eut son avion détruit et fut arraché de la ferraille tordue par des mains courageuses. Puis il fut pêcheur dans la Baltique et en mer du Nord, et il est aujourd'hui biologiste à la station chilienne de Montemar. C'est un passionné. Le teint mat, le corps sec et d'une maigreur qui le fait paraître un peu plus grand qu'il n'est, il possède en dépit de son âge respectable des nerfs et des muscles dignes d'un athlète. Sur son visage en lame de couteau flotte un sourire malicieux qui brille dans ses petits yeux gris, pétillants et joyeux. C'est un sceptique qui croit à peine ce qu'il voit.

Il nous raconte son travail de pêcheur dans la Baltique.

« Une nuit comme celle-là, peut-être pire, le mécanicien et moi étions les seuls éveillés à bord d'un petit bateau de pêche ; les autres dormaient, épuisés par des heures d'une rude besogne. La tempête grossissait, les vagues cognaient à coups redoublés contre la coque qui semblait par moments se coucher sur l'eau. Nous ressentions le danger, mais je ne voulais pas réveiller les hommes, car je préférais qu'il partent naviguer outre-tombe sans s'en apercevoir…

« La mer ignore tellement la pitié que l'injure et l'imprécation viennent volontiers aux lèvres du marin. C'est l'expression de l'impuissance contre les forces aveugles de la nature. Et s'il est vrai que Dieu existe, cette nuit-là il était sourd et aveugle, car il n'entendait ni ne voyait que six de ses enfants voguaient au bord de la mort.

« Puisque Dieu était aveugle, il fallait bien que j'essaie de Le remplacer. J'étais coincé ! Je devais sauver mes compagnons, et ma propre peau, en affrontant seul la tempête, collé à la barre. Parfois l'homme est un dieu, parfois une vulgaire puce », termina-t-il en riant et en nous regardant de ses yeux pétillants.

A cet instant, je pense à l'officier de quart et au pilote qui affrontent la nuit antarctique, seuls sur la passerelle.

Un verre de pisco apaise l'estomac mis à mal par les creux de la mer de Bellingshausen. L'alcool a réveillé chez Lengerich des réminiscences poétiques. Ce n'est pas la première fois que nous rencontrons l'art en pleine mer ; l'art qui est paix et vie, angoisse et mort. Je me souviens d'un navire baleinier de Puerto Refugio, au nord du golfe des Peines. Son capitaine, un nordique, possédait un piano à bord. Une nuit de tempête, alors que nous sirotions du whisky, nous l'entendîmes arracher de beaux accords à son clavier, une musique exécutée par de gros doigts de harponneur, capables de tuer une baleine, mais qui n'auraient pas fait de mal à une mouche.

Lengerich nous parle du poète finlandais Joachim Bingelnatz et nous récite quelques vers en finnois. Puis il les traduit lentement, en épelant presque chaque mot ; c'est une étrange traduction que je recopie tant bien que mal en plein roulis. Les vers de Bingelnatz fleurent bon le rhum et la piraterie :

« Autour d'une table / les amis vident une bouteille / en façon de rite profane / ils ont maints projets en tête / échangent des idées, échafaudent des plans / mais leur âme comme une vitre / laisse voir leur peur / ils prennent un pistolet / font feu / mais ne se blessent pas... »

Ainsi les ai-je transcrits sous la dictée du vieux marin. J'aime à penser que c'est le seul poème jamais récité par une nuit de tempête dans les solitudes de la mer de Bellingshausen.

Nous poursuivons notre périple qui doit durer plus de deux mois et dont la majeure partie se déroule entre glaces, mer et ciel. L'état d'esprit des passagers est beaucoup plus imprévisible que ne le sont les changements qui surviennent en Antarctique. Nous connaissons par expérience, ou par les récits des explorateurs, les irritations, les accès de neurasthénie, les psychoses dont souffrent ceux qui s'aventurent en ces confins du monde.

Dans son journal de bord du *Pourquoi pas ?*, Charcot consigne quelques mesures qu'il adopta, inspirées d'expéditions précédentes au pôle Nord, et qui me semblent très judicieuses parce qu'elles touchent aux fibres les plus sensibles.

Ainsi, il réglemente les heures de libre discussion entre membres d'équipage. Le bateau est une petite société composée de caractères à multiples facettes, réunis pour de longues traversées; d'où la nécessité de limiter les sujets polémiques tels que la religion et la politique à de courts moments de la journée, afin d'éviter le déchaînement des passions.

Mais nous, les civils du bord, la plupart passionnés de politique, n'étions pas soumis au règlement car, en parfait gentleman, le commodore de l'expédition n'avait pas voulu nous l'imposer. Le groupe de six que nous formions et qui se retrouvait tous les jours à la même table adopta donc son propre système. Très simple : si l'un de nous paraissait mal luné ou ne tournait pas rond, alors ses opinions politiques, religieuses, jusqu'à ses appréciations sur la cuisine ou son aversion directe ou voilée envers les autres étaient tolérées une journée entière. Et comme nous étions six ou sept à partager la cabine, nous disposions chacun d'un jour de la semaine où nous pouvions laisser libre cours à nos irritations. Au début, le procédé donna satisfaction, mais bientôt l'irritation de certains dura plus longtemps que prévu… Heureusement, le travail nous permit d'affronter les moments de cafard.

J'avais connu une situation semblable dans la pampa fuégienne, où la solitude et l'éloignement font sombrer les bergers dans un puits sans fond. L'homme s'évade alors à l'intérieur de lui-même, il voyage dans ses veines, grimpe sur son échafaudage d'os, s'abreuve à son cœur et rejoint enfin son esprit qu'il scrute, les yeux clos, durant de longues heures.

A mesure que l'*Angamos* s'enfonce dans les régions polaires, la présence des glaces se fait de plus en plus imposante. Une seule beauté blanche, un seul élément : la glace. Par endroits la mer a dénudé la roche jusqu'au niveau de la marée haute, et les ouragans ont râpé les crêtes jusqu'à l'os. Tout le reste est neige, glace, monotone blancheur. Temps variable, bourrasques incessantes, quelques minutes de soleil.

Il règne cependant une étrange clarté, et la mer est si transparente que le regard plonge à grande profondeur. Son immense richesse, encore inconnue, restera cachée longtemps encore, car pour parvenir au cœur de la terre de Graham, il faut traverser une croûte de glace de plus de cinq cents mètres d'épaisseur.

Nous fendons les eaux du canal de Gerlache, puis celles de Neumayer qui bordent les côtes de Graham. La proue de l'*Angamos* déchire silencieusement les flots. Cet étroit ruban d'eau vert-de-gris se déroule entre des contreforts montagneux couverts de glace et de neige qui descendent jusqu'à la mer en de curieuses perspectives. On voit flotter d'extraordinaires glaçons aux formes délicates, qui semblent vivants dans ce paysage où les phoques ne sont que de lourdes ombres immobiles vautrées le long du rivage. Sous nos yeux défilent des bandes de cygnes, des cathédrales aux tours gothiques, des esquifs, des goélettes aux voiles raidies.

Nous jetons l'ancre dans un port bien abrité : Puerto Lockroy. Ici, la nature semble prendre les marins en pitié. Alors qu'alentour tout est abrupt et exposé au mauvais temps, Lockroy est un ensemble de paisibles mouillages protégés par des môles formés de bas îlots qui semblent rationnellement disposés. Ce sont les lieux de prédilection des phoques et des manchots qui nous reçoivent avec leur innocente curiosité et leurs cris tristes.

Sur un de ces îlots d'environ deux hectares, se dresse une cabane au toit de tôle rouillée par les hivers et les tempêtes. Notre étonnement nous incite à y débarquer et nous rencontrons un homme jeune, une vingtaine d'années, grand, mince, portant des vêtements épais, le visage envahi par une grosse barbe blonde qui lui donne l'allure d'un Robinson Crusoé. C'est un officier de la marine anglaise vivant ici avec un subalterne qui est pour l'heure parti chasser le phoque.

L'*Angamos*, qui effectuait sa première expédition sur le continent gelé, n'était pas le seul bateau chargé d'une mission semblable. Ainsi s'expliquait la présence de cet Anglais solitaire incrusté sur son îlot de pierre. Nous vîmes, fixée sur la roche, une pancarte aux lettres blanches : « British Crownland ».

A peine avions-nous accosté à Puerto Lockroy qu'un officier chilien n'avait rien eu de plus pressé que de gravir le mont le plus élevé surplombant le port pour y planter au sommet le drapeau chilien peint sur une plaque de tôle. Ce que notre Anglais commenta ainsi :

– On m'a demandé d'écrire sur cette pancarte « Terre de la couronne britannique ». Vous arrivez et vous plantez le drapeau chilien. Demain les Argentins feront pareil. On dirait que le monde entier est cinglé.

Le poète Jean Cocteau voyait assez justement l'Angleterre comme un ponton grisâtre, mouillé dans les brumes de la Manche, apparemment immobile, mais qui se déplace dans le monde entier sous le couvert du brouillard.

Et ce marin anglais était là, perdu dans les brumes antarctiques, crayonnant les falaises de l'inscription « British Crownland » et nous accueillant avec humour, les jambes bien campées sur son petit rocher.

A la tombée de la nuit, le commodore Guesalaga l'invita à dîner à bord de l'*Angamos*. J'eus ainsi l'occasion de bavarder avec lui. Il avait troqué sa panoplie de chasseur de phoques contre un superbe uniforme de la marine britannique, orné de galons et de décorations. C'était un jeune héros survivant de la guerre. Il évoqua les bombardements dont son pays avait eu à souffrir, ne s'attarda guère sur ses propres faits d'armes, mais se montra préoccupé par les difficultés que traversaient les Anglais.

Sa fiancée l'attendait à Londres, tandis qu'il triplait son salaire grâce à une prime d'éloignement, et il attendait de retourner en Angleterre pour se marier. Il lui restait quelques mois à accomplir au milieu des glaces. Sous sa stricte cordialité britannique perçait cette franche chaleur humaine qui relègue au second plan les nationalismes, les directives officielles et les polémiques des chancelleries, lesquelles n'ont ici bien souvent d'autre écho que les cris nocturnes des cérémonieux manchots.

Quelques jours plus tard, l'*Angamos* mouilla dans la baie Soberania de l'île de Greenwich, nom par lequel le commodore Guesalaga avait récemment baptisé l'ancienne baie Discovery. Nous débarquâmes sur un quai rudimentaire construit avec des traverses de chemin de fer rapportées de Talcahuano.

Chacun avait choisi la tâche qui lui tenait le plus à cœur. En tant que touche-à-tout, je m'étais engagé à consigner sur un cahier les résultats des sondages qu'une équipe à bord d'une chaloupe effectuait pour la première fois dans ces fonds marins. Parfois, je faisais moi-même les relevés, curieux de découvrir ce que remonterait la sonde, laquelle est munie d'une cavité remplie de graisse où se déposent les particules mortes de la vie en surface.

Un jour que j'étais de repos, je partis faire une promenade solitaire sur la presqu'île à l'ouest de la baie, et je trouvai là le squelette entier d'une baleine qui en décorait la pointe. Je songeai aux premiers pas de l'homme en Antarctique, mais j'abandonnai cette pensée et conjecturai que cette baleine était venue s'échouer et mourir sur les graviers, il y avait un siècle ou plus. Les grandes mouettes pillardes et les pétrels des neiges qui crachent comme un guanaco avaient dû participer au festin et déchiqueter le cétacé avec plus d'acharnement que les baleiniers qui naviguaient dans les parages.

Quand j'avais collaboré à la construction du premier phare antarctique – ce dont je suis très fier –, une montagne de glace avait pénétré dans le canal Inglès, entre l'île du phare et celle de Greenwich. Elle venait du détroit de Bransfield, selon une direction est-ouest. Au premier rayon de soleil, ses creux et ses volumes scintillaient de la base au sommet ; c'était une extraordinaire symphonie de gris et de bleus, sombres ou tigrés, avec des reflets d'arc-en-ciel.

Pour nous, oiseaux de passage, la construction du phare fut une véritable odyssée.

Sur cette butte rocheuse il nous fallut déloger de nombreux nids de pétrels des neiges en train de couver. Ils nous saluèrent par des pluies de crachats puants, leur manière de se défendre des agressions.

Avec de l'eau chauffée sur des feux de bois d'épaves, de lichens et d'algues sèches, dont les oiseaux garnissaient leurs nids, fut préparé le mortier de la terrasse qui accueillerait les piliers de la tour du phare.

Un jour de repos, je descendis de la butte et dérangeai une colonie de mouettes pillardes qui couvaient entre les moellons. La houle du large avait soulevé un grand brise-lames où je dus courir me réfugier quand les oiseaux furieux fondirent sur moi en cherchant à atteindre mes yeux. Oui, mes yeux! Et je pus voir de près l'éclat ivoirin de leurs becs recourbés, surmontés de deux yeux qui louchaient.

Je retirai mon ceinturon et le fis tournoyer comme des *boleadoras* [1] pour repousser mes agresseurs. Mais ceux-ci augmentèrent en nombre et bientôt une nuée d'ailes grises s'abattit sur moi. Je me sentis soudain étrangement seul, perdu dans cette désolation polaire. Harcelé par ces redoutables volatiles, je me réfugiai derrière des rochers et m'allongeai à plat ventre. La chance mit sous mes doigts une rame cassée, rejetée par la marée. Je me

1. La *boleadora* est une arme à trois boules reliées par des lanières de cuir.

relevai, me frayai un chemin parmi les ailes et les becs en moulinant comme un dément, et retournai promptement au phare.

Hors de danger et remis de ma frayeur, j'examinai le morceau de rame : c'était du pin d'Oregon ; aux stries et à la taille de la pale je reconnus une rame de baleinière. Je la soupesai avec respect. Mon père avait été chasseur de baleines. Un doute me vint à l'esprit : ces féroces oiseaux étaient-ils là avant l'arrivée de l'homme ?

Nous achevions la construction du phare quand survint une chute de neige accompagnée de bourrasques si violentes que nous faillîmes avoir un mort. Un homme d'équipage de l'*Angamos* fit une chute absurde depuis la planche que nous utilisions en guise de passerelle pour embarquer. Nous formions une chaîne en nous tenant par la main afin de ne pas être déséquilibrés par le tangage de la chaloupe, quand une forte vague déporta le bateau contre les rochers, précipitant l'homme à l'eau. Il coula à cinq mètres de fond et réapparut par les pieds comme si la mer l'expulsait. Mais on l'attrapa à temps et on le déposa au fond de la chaloupe. L'homme se releva, mais on l'obligea à s'asseoir à la poupe avant d'appareiller pour rejoindre l'*Angamos* qui était à la cape. Notre compagnon claquait des dents sans pouvoir parler. La bourrasque de neige aggravait la situation. Nous nous courbions sous nos cabans pour nous protéger du vent et de la neige. En accostant, le médecin et des infirmiers attendaient l'accidenté avec un brancard. Et l'homme ressuscita d'entre les glaces.

Nous étions sur le chemin du retour.

Toutes les précautions avaient été prises afin que l'*Angamos* passât une nuit tranquille après avoir navigué tant de milles sans carte précise, s'en remettant à l'écho-sonde et aux radars. Nous mouillâmes au crépuscule, jetant deux ancres qui maintenaient la proue vers l'entrée du canal agitée par une houle légère et un petit vent d'ouest. Le lieu faisait honneur à son nom : Puerto Bueno. Je me réveillai pourtant à cinq heures du matin et, protégé d'un parka et de grosses chaussures à semelle de gomme, je sortis, observant au passage que nous donnions de la gîte à bâbord.

Le bateau avait chassé sur ses ancres et posé ses 3 500 tonneaux sur une table rocheuse. Ce fut, comme on dit quand la nature s'impose, un cas de force majeure.

Il fallut attendre la marée pour manœuvrer, et compter sur l'habileté du capitaine. Une manœuvre que je n'oublierai jamais. Un câble d'acier fut amarré à un grand hêtre qui se dressait sur une butte. A la pleine mer, le winch et deux chaloupes à moteur donnèrent toute la puissance de leurs machines, et lentement l'*Angamos* s'ébranla et se décolla de la plaque rocheuse en déracinant le hêtre.

Nous gardâmes tous un de ces silences qui s'installent quand nous comprenons que nous ne sommes qu'un infime fragment du cosmos. L'*Angamos* et son équipage poursuivirent tranquillement leur route cap au nord vers « la fameuse région antarctique », ainsi que don Alonso de Ercilla a qualifié le Chili.

TABLE

DU MÊME AUTEUR

Tierra del Fuego
nouvelles
Phébus, 1994
et « Points », n° P 148

Cap Horn
nouvelles
Phébus, 1994
et « Points », n° P 253

El Guanaco
roman
Phébus, 1995
et « Points », n° P 426

Le Dernier Mousse
roman
Phébus, 1996
et « Points », n° P 481

Dans le sillage de la baleine
roman
Phébus, 1998

IMPRESSION : S.N. FIRMIN-DIDOT AU MESNIL-SUR-L'ESTRÉE
DÉPÔT LÉGAL : FÉVRIER 1999. N° 33289-2 (48122).

Collection Points

DERNIERS TITRES PARUS

P280. Dixie, *par Julien Green*
P281. L'Occasion, *par Juan José Saer*
P282. Le diable t'attend, *par Lawrence Block*
P283. Les cancres n'existent pas, *par Anny Cordié*
P284. Tous les fleuves vont à la mer, *par Elie Wiesel*
P285. Parias, *par Pascal Bruckner*
P286. Le Baiser de la femme-araignée, *par Manuel Puig*
P287. Gargantua, *par François Rabelais*
P288. Pantagruel, *par François Rabelais*
P289. La Cocadrille, *par John Berger*
P290. Senilità, *par Italo Svevo*
P291. Le Bon Vieux et la Belle Enfant, *par Italo Svevo*
P292. Carla's Song, *par Ken Loach*
P293. Hier, *par Agota Kristof*
P294. L'Orgue de Barbarie, *par Bernard Chambaz*
P295. La Jurée, *par George Dawes Green*
P296. Siam, *par Morgan Sportès*
P297. Une saison dans la vie d'Emmanuel
par Marie-Claire Blais
P298. Smilla et l'Amour de la neige, *par Peter Høeg*
P299. Mal et Modernité, *suivi de*
Vous avez une tombe au creux des nuages
par Jorge Semprún
P300. Vidal et les Siens, *par Edgar Morin*
P301. Dieu et nous seuls pouvons, *par Michel Folco*
P302. La Mulâtresse Solitude, *par André Schwarz-Bart*
P303. Les Lycéens, *par François Dubet*
P304. L'Arbre à soleils, *par Henri Gougaud*
P305. L'Homme à la vie inexplicable, *par Henri Gougaud*
P306. Bélibaste, *par Henri Gougaud*
P307. Joue-moi quelque chose, *par John Berger*
P308. Flamme et Lilas, *par John Berger*
P309. Histoires du Bon Dieu, *par Rainer Maria Rilke*
P310. In extremis *suivi de* La Condition, *par Henri James*
P311. Héros et Tombes, *par Ernesto Sábato*
P312. L'Ange des ténèbres, *par Ernesto Sábato*
P313. Acid Test, *par Tom Wolfe*
P314. Un plat de porc aux bananes vertes
par Simone et André Schwarz-Bart

P315. Prends soin de moi, *par Jean-Paul Dubois*
P316. La Puissance des mouches, *par Lydie Salvayre*
P317. Le Tiers Livre, *par François Rabelais*
P318. Le Quart Livre, *par François Rabelais*
P319. Un enfant de la balle, *par John Irving*
P320. A la merci d'un courant violent, *par Henry Roth*
P321. Tony et Susan, *par Austin Wright*
P322. La Foi du charbonnier, *par Marguerite Gentzbittel*
P323. Les Armes de la nuit *et* La Puissance du jour *par Vercors*
P324. Voltaire le conquérant, *par Pierre Lepape*
P325. Frère François, *par Julien Green*
P326. Manhattan terminus, *par Michel Rio*
P327. En Russie, *par Olivier Rolin*
P328. Tonkinoise..., *par Morgan Sportès*
P329. Peau de lapin, *par Nicolas Kieffer*
P330. Notre jeu, *par John le Carré*
P331. Brésil, *par John Updike*
P332. Fantômes et Cie, *par Robertson Davies*
P333. Sofka, *par Anita Brookner*
P334. Chienne d'année, *par Françoise Giroud*
P335. Nos hommes, *par Denise Bombardier*
P336. Parlez-moi de la France, *par Michel Winock*
P337. Apolline, *par Dan Franck*
P338. Le Lien, *par Patrick Grainville*
P339. Moi, Franco, *par Manuel Vázquez Montalbán*
P340. Ida, *par Gertrude Stein*
P341. Papillon blanc, *par Walter Mosley*
P342. Le Bonheur d'apprendre, *par François de Closets*
P343. Les Écailles du ciel, *par Tierno Monénembo*
P344. Une tempête, *par Aimé Césaire*
P345. Kamouraska, *par Anne Hébert*
P346. La Journée d'un scrutateur, *par Italo Calvino*
P347. Le Tambour, *par Günter Grass*
P348. La Minute nécessaire de monsieur Cyclopède *par Pierre Desproges*
P349. Fort Saganne, *par Louis Gardel*
P350. Un secret sans importance, *par Agnès Desarthe*
P351. Les Millions d'arlequin, *par Bohumil Hrabal*
P352. La Mort du lion, *par Henry James*
P353. Une sage femme, *par Kaye Gibbons*
P354. Dans un jardin anglais, *par Anne Fine*
P355. Les Oiseaux du ciel, *par Alice Thomas Ellis*
P356. L'Ange traqué, *par Robert Crais*

P357. L'Homme symbiotique, *par Joël de Rosnay*
P358. Moha le fou, Moha le sage, *par Tahar Ben Jelloun*
P359. Les Yeux baissés, *par Tahar Ben Jelloun*
P360. L'Arbre d'amour et de sagesse, *par Henri Gougaud*
P361. L'Arbre aux trésors, *par Henri Gougaud*
P362. Le Vertige, *par Evguénia S. Guinzbourg*
P363. Le Ciel de la Kolyma (Le Vertige, II) *par Evguénia S. Guinzbourg*
P364. Les hommes cruels ne courent pas les rues *par Katherine Pancol*
P365. Le Pain nu, *par Mohamed Choukri*
P366. Les Lapins du commandant, *par Nedim Gürsel*
P367. Provence toujours, *par Peter Mayle*
P368. La Promeneuse d'oiseaux, *par Didier Decoin*
P369. Un hiver en Bretagne, *par Michel Le Bris*
P370. L'Héritage Windsmith, *par Thierry Gandillot*
P371. Dolly, *par Anita Brookner*
P372. Autobiographie d'un cheval, *par John Hawkes*
P373. Châteaux de la colère, *par Alessandro Baricco*
P374. L'Amant du volcan, *par Susan Sontag*
P375. Chroniques de la haine ordinaire *par Pierre Desproges*
P376. La Prière de l'absent, *par Tahar Ben Jelloun*
P377. La Plus Haute des solitudes *par Tahar Ben Jelloun*
P378. Scarlett, si possible, *par Katherine Pancol*
P379. Journal, *par Jean-René Huguenin*
P380. Le Polygone étoilé, *par Kateb Yacine*
P381. La Chasse au lézard, *par William Boyd*
P382. Texas (tome 1), *par James A. Michener*
P383. Texas (tome 2), *par James A. Michener*
P384. Vivons heureux en attendant la mort *par Pierre Desproges*
P385. Le Fils de l'ogre, *par Henri Gougaud*
P386. La neige tombait sur les cèdres *par David Guterson*
P387. Les Seigneurs du thé, *par Hella S. Haasse*
P388. La Fille aux yeux de Botticelli *par Herbert Lieberman*
P389. Tous les hommes morts, *par Lawrence Block*
P390. La Blonde en béton, *par Michael Connelly*
P391. Palomar, *par Italo Calvino*
P392. Sous le soleil jaguar, *par Italo Calvino*
P393. Félidés, *par Akif Pirinçci*

P394. Trois Heures du matin à New York
par Herbert Lieberman
P395. La Maison près du marais, *par Herbert Lieberman*
P396. Le Médecin de Cordoue, *par Herbert Le Porrier*
P397. La Porte de Brandebourg, *par Anita Brookner*
P398. Hôtel du Lac, *par Anita Brookner*
P399. Replay, *par Ken Grimwood*
P400. Chesapeake, *par James A. Michener*
P401. Manuel de savoir-vivre à l'usage des rustres et des malpolis, *par Pierre Desproges*
P402. Le Rêve de Lucy
par Pierre Pelot et Yves Coppens
(dessins de Liberatore)
P403. Dictionnaire superflu à l'usage de l'élite et des bien nantis, *par Pierre Desproges*
P404. La Mamelouka, *par Robert Solé*
P405. Province, *par Jacques-Pierre Amette*
P406. L'Arbre de vies, *par Bernard Chambaz*
P407. La Vie privée du désert, *par Michel Chaillou*
P408. Trop sensibles, *par Marie Desplechin*
P409. Kennedy et moi, *par Jean-Paul Dubois*
P410. Le Cinquième Livre, *par François Rabelais*
P411. La Petite Amie imaginaire, *par John Irving*
P412. La Vie des insectes, *par Viktor Pelevine*
P413. La Décennie Mitterrand, 3. Les Défis
par Pierre Favier et Michel Martin-Roland
P414. La Grimace, *par Heinrich Böll*
P415. La Famille de Pascal Duarte, *par Camilo José Cela*
P416. Cosmicomics, *par Italo Calvino*
P417. Le Chat et la Souris, *par Günter Grass*
P418. Le Turbot, *par Günter Grass*
P419. Les Années de chien, *par Günter Grass*
P420. L'Atelier du peintre, *par Patrick Grainville*
P421. L'Orgie, la Neige, *par Patrick Grainville*
P422. Topkapi, *par Eric Ambler*
P423. Le Nouveau Désordre amoureux
par Pascal Bruckner et Alain Finkielkraut
P424. Un homme remarquable, *par Robertson Davies*
P425. Le Maître de chasse, *par Mohammed Dib*
P426. El Guanaco, *par Francisco Coloane*
P427. La Grande Bonace des Antilles, *par Italo Calvino*
P428. L'Écrivain public, *par Tahar Ben Jelloun*
P429. Indépendance, *par Richard Ford*
P430. Les Trafiquants d'armes, *par Eric Ambler*

P431. La Sentinelle du rêve, *par René de Ceccatty*
P432. Tuons et créons, c'est l'heure, *par Lawrence Block*
P433. Textes de scène, *par Pierre Desproges*
P434. François Mitterrand, *par Franz-Olivier Giesbert*
P435. L'Héritage Schirmer, *par Eric Ambler*
P436. Ewald Tragy et autres récits de jeunesse
par Rainer Maria Rilke
P437. Histoires pragoises, *par Rainer Maria Rilke*
P438. L'Admiroir, *par Anny Duperey*
P439. Une trop bruyante solitude, *par Bohumil Hrabal*
P440. Temps zéro, *par Italo Calvino*
P441. Le Masque de Dimitrios, *par Eric Ambler*
P442. La Croisière de l'angoisse, *par Eric Ambler*
P443. Milena, *par Margarete Buber-Neumann*
P444. La Compagnie des loups et autres nouvelles
par Angela Carter
P445. Tu vois, je n'ai pas oublié
par Hervé Hamon et Patrick Rotman
P446. Week-end de chasse à la mère
par Geneviève Brisac
P447. Un cercle de famille, *par Michèle Gazier*
P448. Étonne-moi, *par Guillaume Le Touze*
P449. Le Dimanche des réparations, *par Sophie Chérer*
P450. La Suisse, l'Or et les Morts, *par Jean Ziegler*
P451. L'Humanité perdue, *par Alain Finkielkraut*
P452. Abraham de Brooklyn, *par Didier Decoin*
P454. Les Immémoriaux, *par Victor Segalen*
P455. Moi d'abord, *par Katherine Pancol*
P456. Traité du zen et de l'entretien des motocyclettes
par Robert H. Pirsig
P457. Un air de famille, *par Michael Ondaatje*
P458. Les Moyens d'en sortir, *par Michel Rocard*
P459. Le Mystère de la crypte ensorcelée
par Eduardo Mendoza
P460. Le Labyrinthe aux olives
par Eduardo Mendoza
P461. La Vérité sur l'affaire Savolta
par Eduardo Mendoza
P462. Les Pieds-bleus, *par Claude Ponti*
P463. Un paysage de cendres, *par Élisabeth Gille*
P464. Un été africain, *par Mohammed Dib*
P465. Un rocher sur l'Hudson, *par Henry Roth*
P466. La Misère du monde
sous la direction de Pierre Bourdieu

P467. Les Bourreaux volontaires de Hitler
par Daniel Jonah Goldhagen
P468. Casting pour l'enfer, *par Robert Crais*
P469. La Saint-Valentin de l'homme des cavernes
par George Dawes Green
P470. Loyola's blues, *par Erik Orsenna*
P472. Les Adieux, *par Dan Franck*
P473. La Séparation, *par Dan Franck*
P474. Ti Jean L'horizon, *par Simone Schwarz-Bart*
P475. Aventures, *par Italo Calvino*
P476. Le Château des destins croisés, *par Italo Calvino*
P477. Capitalisme contre capitalisme, *par Michel Albert*
P478. La Cause des élèves, *par Marguerite Gentzbittel*
P479. Des femmes qui tombent, *par Pierre Desproges*
P480 Le Destin de Nathalie X, *par William Boyd*
P481. Le Dernier Mousse, *par Francisco Coloane*
P482. Jack Frusciante a largué le groupe
par Enrico Brizzi
P483. La Dernière Manche, *par Emmett Grogan*
P484. Les Lauriers du lac de Constance, *par Marie Chaix*
P485. Les Fous de Bassan, *par Anne Hébert*
P486. Collection de sable, *par Italo Calvino*
P487. Les étrangers sont nuls, *par Pierre Desproges*
P488. Trainspotting, *par Irvine Welsh*
P489. Suttree, *par Cormac McCarthy*
P490. De si jolis chevaux, *par Cormac McCarthy*
P491. Traité des passions de l'âme
par António Lobo Antunes
P492. N'envoyez plus de roses, *par Eric Ambler*
P493. Le corps a ses raisons, *par Thérèse Bertherat*
P494. Le Neveu d'Amérique, *par Luis Sepúlveda*
P495. Mai 68, histoire des événements
par Laurent Joffrin
P496. Que reste-t-il de Mai 68 ?,
essai sur les interprétations des « événements »
par Henri Weber
P497. Génération
1. Les années de rêve
par Hervé Hamon et Patrick Rotman
P498. Génération
2. Les années de poudre
par Hervé Hamon et Patrick Rotman
P499. Eugène Oniéguine, *par Alexandre Pouchkine*
P500. Montaigne à cheval, *par Jean Lacouture*

P501. Le Mendiant de Jérusalem, *par Elie Wiesel*
P502. … Et la mer n'est pas remplie, *par Elie Wiesel*
P503. Le Sourire du chat, *par François Maspero*
P504. Merlin, *par Michel Rio*
P505. Le Semeur d'étincelles, *par Joseph Bialot*
P506. Hôtel Pastis, *par Peter Mayle*
P507. Les Éblouissements, *par Pierre Mertens*
P508. Aurélien, Clara, mademoiselle
et le lieutenant anglais, *par Anne Hébert*
P509. Dans la plus stricte intimité, *par Myriam Arissimov*
P510. Éthique à l'usage de mon fils
par *Fernando Savater*
P511. Aventures dans le commerce des peaux en Alaska
par John Hawkes
P512. L'Incendie de Los Angeles, *par Nathanaël West*
P513. Montana Avenue, *par April Smith*
P514. Mort à la Fenice, *par Donna Leon*
P515. Jeunes Années, t. 1, *par Julien Green*
P516. Jeunes Années, t. 2, *par Julien Green*
P517. Deux Femmes, *par Frédéric Vitoux*
P518. La Peau du tambour, *par Arturo Perez-Reverte*
P519. L'Agonie de Proserpine, *par Javier Tomeo*
P520. Un jour je reviendrai, *par Juan Marsé*
P521. L'Étrangleur, *par Manuel Vázquez Montalbán*
P522. Gais-z-et-contents, *par Françoise Giroud*
P523. Teresa l'après-midi, *par Juan Marsé*
P524. L'Expédition, *par Henri Gougaud*
P525. Le Grand Partir, *par Henri Gougaud*
P526. Le Tueur des abattoirs et autres nouvelles
par Manuel Vázquez Montalbán
P527. Le Pianiste, *par Manuel Vázquez Montalbán*
P528. Mes démons, *par Edgar Morin*
P529. Sarah et le Lieutenant français, *par John Fowles*
P530. Le Détroit de Formose, *par Anthony Hyde*
P531. Frontière des ténèbres, *par Eric Ambler*
P532. La Mort des bois, *par Brigitte Aubert*
P533. Le Blues du libraire, *par Lawrence Block*
P534. Le Poète, *par Michael Connelly*
P535. La Huitième Case, *par Herbert Lieberman*
P536. Bloody Waters, *par Carolina Garcia-Aguilera*
P537. Monsieur Tanaka aime les nymphéas
par David Ramus
P538. Place de Sienne, côté ombre
par Carlo Fruttero et Franco Lucentini

P539. Énergie du désespoir, *par Eric Ambler*
P540. Épitaphe pour un espion, *par Eric Ambler*
P541. La Nuit de l'erreur, *par Tahar Ben Jelloun*
P542. Compagnons de voyage
par Hubert Reeves
P543. Les amandiers sont morts de leurs blessures
par Tahar Ben Jelloun
P544. La Remontée des cendres
par Tahar Ben Jelloun
P545. La Terre et le Sang, *par Mouloud Feraoun*
P546. L'Aurore des bien-aimés, *par Louis Gardel*
P547. L'Éducation féline, *par Bertrand Visage*
P548. Les Insulaires, *par Christian Giudicelli*
P549. Dans un miroir obscur, *par Jostein Gaarder*
P550. Le Jeu du roman, *par Louise L. Lambrichs*
P551. Vice-versa, *par Will Self*
P552. Je voudrais vous dire, *par Nicole Notat*
P553. François, *par Christina Forsne*
P554. Mercure rouge, *par Reggie Nadelson*
P555. Même les scélérats…, *par Lawrence Block*
P556. Monnè, Outrages et Défis
par Ahmadou Kourouma
P557. Les Grosses Rêveuses, *par Paul Fournel*
P558. Les Athlètes dans leur tête, *par Paul Fournel*
P559. Allez les filles !
par Christian Baudelot et Roger Establet
P560. Quand vient le souvenir, *par Saul Friedländer*
P561. La Compagnie des spectres
par Lydie Salvayre
P562. La Poussière du monde
par Jacques Lacarrière
P563. Le Tailleur de Panama, *par John Le Carré*
P564. Che, *par Pierre Kalfon*
P565. Du fer dans les épinards, et autres idées reçues
par Jean-François Bouvet
P566. Étonner les Dieux, *par Ben Okri*
P567. L'Obscurité du dehors
par Cormac McCarthy
P568. Push, *par Sapphire*
P569. La Vie et demie, *par Sony Labou Tansi*
P570. La Route de San Giovanni, *par Italo Calvino*
P571. Requiem caraïbe, *par Brigitte Aubert*
P572. Mort en terre étrangère, *par Donna Leon*
P573. Complot à Genève, *par Eric Ambler*

P574. L'Année de la mort de Ricardo Reis
par José Saramago
P575. Le Cercle des représailles
par Kateb Yacine
P576. La Farce des damnés
par António Lobo Antunes
P577. Le Testament, *par Rainer Maria Rilke*
P578. Archipel, *par Michel Rio*
P579. Faux Pas, *par Michel Rio*
P580. La Guitare, *par Michel del Castillo*
P581. Phénomène futur, *par Olivier Rolin*
P582. Tête de cheval, *par Marc Trillard*
P583. Je pense à autre chose
par Jean-Paul Dubois
P584. Le Livre des amours, *par Henri Gougaud*
P585. L'Histoire des rêves danois, *par Peter Høeg*
P586. La Musique du diable, *par Walter Mosley*
P587. Amour, Poésie, Sagesse, *par Edgar Morin*
P588. L'Enfant de l'absente, *par Thierry Jonquet*
P589. Madrapour, *par Robert Merle*
P590. La Gloire de Dina, *par Michel del Castillo*
P591. Une femme en soi, *par Michel del Castillo*
P592. Mémoires d'un nomade, *par Paul Bowles*
P593. L'Affreux Pastis de la rue des Merles
par Carlo Emilio Gadda
P594. En sortant de l'école, *par Michèle Gazier*
P595. Lorsque l'enfant paraît, tome 1
par Françoise Dolto
P596. Lorsque l'enfant paraît, tome 2
par Françoise Dolto
P597. Lorsque l'enfant paraît, tome 3
par Françoise Dolto
P598. La Déclaration, *par Lydie Salvayre*
P599. La Havane pour un infante défunt
par Guillermo Cabrera Infante
P600. Enfances, *par Françoise Dolto*
P601. Le Golfe des peines, *par Francisco Coloane*
P602. Le Perchoir du perroquet, *par Michel Rio*
P603. Mélancolie Nord, *par Michel Rio*
P604. Paradiso, *par José Lezama Lima*
P605. Le Jeu des décapitations
par José Lezama Lima
P606. Bloody Shame
par Carolina Garcia-Aguilera